U0711567

Le premier jour du reste de ma vie

Virginie Grimaldi

我余生的

第一天

［法］维尔吉妮·格里马尔蒂 / 著

杨旭 / 译

CTS 湖南文艺出版社
HUNAN LITERATURE AND ART PUBLISHING HOUSE

博集天卷
CS-BOOKY

谨以此书献给

　　我的奶奶

　　我的母亲

　　我的妹妹

目录
Contents

楔子

————————

"我用性命担保他什么也没有察觉到。"玛丽自言自语,她每次紧张或兴奋时都会这样。

她把搅拌器放进搅拌盆里,看着各种配料跳华尔兹似的转起来,最后混合在一起。准备工作快完成了,就差放进烤箱里去烤一下。桌子摆好了,冰箱里塞满了饮料,气球也打好气了。她今天一大早就开始做准备,毕竟这一切在很久之前就已经构思好了。

几个月前,她的丈夫趁着电视新闻和晚间电影之间的空当,突然宣布他受够了现在的生活。"我快烦死了,"他说,"我们还没到四十岁就过得跟老人似的!"

她一声不吭地把药茶端到茶几上,蓝色的马克杯是给他的,粉红色的则是给她的。不过，她的脑海里已经冒出了无数个回答，有些甚至显得无理取闹。明明是他自己宁愿看电视，也不愿多看自己的妻子一眼，是他坚持要求她放弃学业当个家庭主妇，是他从来没空一起出门，假期出游就更不用说了，是他一个月才宠幸似的碰她一次，是他在外面拈花惹草，甚至都懒得去遮掩了。

她往沙发上自己习惯的地方一坐，吹了吹滚烫的茶水，然后笑了一下："亲爱的，你今晚的睡衣可真好看。"

今天，是他的生日，正好满四十周岁。玛丽将送给他一个终生难忘的惊喜……

晚上七点三十分。鲁道夫关上办公室的门，转身朝电梯走去。

他知道玛丽给他准备了一个惊喜。他二十岁的时候她这样做了，三十岁时也是，四十岁的时候当然也不例外。

她试图装出若无其事的样子，却没这种天分。有一天，他从浴室里出来时，不小心发现她正对着电话叽叽咕咕的。"这是个惊喜。"她说。你说什么惊喜呢。无非他走进门，所有朋友一齐喊"生日快乐"，他得露出一副惊讶的表情，然后收下一堆礼物，他们喊他"老鲁"，他还得装作觉得好笑的样子，大家一块喝香槟、吃恶心的蛋糕，最后躺在床上，后悔为什么晚上没去跟娜塔莎一起过，或者蕾雅，或者随便其他哪个，总之不是玛丽就行。

晚上七点半。玛丽害怕起来，她很久都没像这样吓得直哆嗦了。

她最后又转了一圈，以确保所有事情都万无一失。她把客厅里的家具全部推到边上，把比萨、生日蛋糕、吐司、纸杯蛋糕，还有玻璃杯甜点摆到中间，饮料也拿了出来。客人们应该快到了，鲁道夫二十五分钟之后到家，他每晚都这个点回来，刚好赶上新闻的片头音乐。

还剩最后一个小细节要处理。

七点五十分。鲁道夫把敞篷车停在房子前。

为了推迟接下来不得不面对的事情，他点燃一根香烟。究竟自己是怎么沦落到如今这种令人厌恶的境地的？甚至连这场派对，他都压根没有任何兴趣。

他把烟头在家门前的烟灰缸里摁灭，然后按下门把。装得高兴点儿，得装得高兴点儿才行。

"生日快乐，鲁道夫！"

他们全都在里头。他的两个女儿、父母、大学校友、同事、牌友，还有牌友的妻子、小孩。为了让他开心，所有人都扯着嗓子欢呼，随后再一个个走过来跟他打招呼。

"那么，四十岁是什么感觉？"

"该懂事了，老鲁！"

"你看起来一点都不像四十岁的人，别担心……"

"生日快乐，老爸！"

"你得先拆开我给你的礼物，就是那个白色的小盒子。"

"亲爱的，我们永远爱你。这四十年来，你一直都让我们引以为豪！"

"所以说，你的中年危机打算什么时候开始？"

当他的哥哥走上前来和他拥抱时，鲁道夫已经和差不多十五个人寒暄过了。

"小鲁，你看到信封了吧？"

他并没注意到什么信封。尽管信封就放在桌子的正中央，几乎不可能被忽略掉。那是一个白色的、简洁而又普通的信封，就跟他平时打开的一沓又一沓的信封一个样。然而对于眼前的这个，他预感到它会异乎寻常。

鲁道夫：

你想要一个惊喜，我现在就送给你：我走了。

生日快乐！

玛丽

P.S. 我还邀请了娜塔莎、伊莎贝尔、热拉尔蒂娜、蕾雅、萨比娜、洛尔、奥雷莉、马若莱娜、纳迪娅等。她们大概晚上九点到，每人还带了一支蜡烛过来。如果你仔细数的话，你会数出四十支来的……这简直就是天赐良机嘛！你能一下子让四十个小火苗骚起来，哦不对，烧起来呢！

Part 1

每到一处中途停靠的地方，她都觉得从来没见过**如此**美丽的景色，从未有过如此强烈的感受。或许生**命真**的可以在四十岁重新开始。

1

　　这是玛丽第一次坐飞机。医生给她开了些镇静剂，可当她踏上登机桥的时候，她丝毫不感到焦虑。事实上，她压根就没有什么特别的感受，甚至连一丝罪恶感都不存在。她想象昨晚鲁道夫站在客厅中间完全不知所措的情景，拼命寻找自己那忠诚的配偶缺席的正当理由，但就算这样做也没用，如今任何事情都无法扰乱她内心的平静。

　　她当然还是有过一些犹豫的，然而那只在她做决定的当晚才出现过。

　　那是一个周六，鲁道夫出门打扑克牌去了，双胞胎女儿跟往常一样每逢周末就回家里住。她们母女三人在厨房里，一起简单弄点家常便饭，准备整个晚上边吃东西边看电视。朱斯蒂娜讲讲她在一家公关公司实习的事情，莉莉说说她的戏剧课，玛丽在一旁听着，尽情享受当下的时光。

家里回荡着她的宝贝们的笑声，这是整整一个星期里她最喜欢的时刻。

一年多前，她们因为学业去了远方，不光是家里，连玛丽的心里都变得空荡荡的。以前她们互相斗嘴，有时又狂笑不止，还把东西弄得乱七八糟，而这些都让玛丽忘了自己的生活其实是死气沉沉的，是她们俩闹哄哄的声音让她对此视而不见。可当她们把行李塞进后备厢离家出门时，掩盖真相的帷幕终于被掀了开来。

首先是朱斯蒂娜提起这个话题：

"妈妈，我们想跟你说个事，不过你也别太当真了。"

玛丽坐下来，心里做好最坏的打算。莉莉走过来递给她一杯玫瑰红葡萄酒。

"我们都爱你，你知道的。爸爸也是，我们也爱他。但我们再也不想看到你们在一起生活了。"

"……"

"真的。说实话，你们自己也发现了吧？你们就跟老头老太一样，只要一说话就会吵起来，真没意思。再说了，别人也都是这么说的。"

"什么意思？别人都说什么了？"

"比方说，爷爷和奶奶，他们俩都奇怪你们怎么还住在一起。姨妈也这么认为。还有莫雷尔太太，你认识的，就是马克西姆的妈妈，她也说你看起来太可怜了。"

"马克西姆他妈妈？"

"嗯，总之，别人都这么觉得吧。你们为什么不离婚呢？"

玛丽一口气喝光了那杯玫瑰红葡萄酒，寻思着该回答什么才好，却什么都想不到。

"还有就是，好吧，爸爸出轨了，你知道的，对吧？"朱斯蒂娜继续说道。

"……"

莉莉阻止妹妹说下去，伸出一只手来抱住她妈妈的肩膀。

"算了，朱朱，够了，你没必要再提这个。"

"的确没必要，不过，得让她知道才行啊。老妈，我不是故意要你难过，你**明白吧**？我只是想要你过得幸福，但我很清楚你不幸福。你值得过上更**好**的生活，而不是像现在这样跟个老太婆似的。"

"谢谢你，亲爱的，你真是太善良了。"玛丽笑着应道。

"或许离开了爸爸，你才会去好好照顾你自己。"

莉莉朝电视瞥了一眼。

"好啦，我们去客厅里吧。节目要开始了！"

在那次谈话以前，玛丽从来没有考虑过要离开鲁道夫，毕竟她曾经无比热烈地爱过他。

她第一次认识他时，他才刚过毛头小子的年纪。他在一个摇滚乐队担任主唱，原因是他曾在一篇报道上看到这样能吸引到女孩子的说法。他任由头发和绒毛般的胡须不断长长，抽蓝盒的高卢金丝香烟让声带变得粗哑。而她则是班上叛逆的学生，在牛仔裤上割几个破洞，把马丁靴蹭到石灰墙上磨旧。他们听着涅槃乐队①的歌曲拥吻，伴着蝎子乐队②的音乐做爱。他给她写了几首歌，她把两人的名字刻在树上，他把手链借

---

① 美国摇滚乐队。
② 德国重金属摇滚乐团。

给她戴，她带他去见自己的父母，他带她回到自己的老家奥弗涅大区，她对他说"我永远爱你"，他们租了一所公寓，她怀孕了，于是他向她求婚，她辍了学，他也丢掉了麦克风，她的幻想最终随之破灭。

玛丽的额头抵着舷窗，看着底下的跑道越来越快地向后移动，然后飞机飞上了天空。出发，而且只有她一个人。她现在终于可以掌控自己的生活了。天哪，这可真是刺激！

"帮帮我，我快不行了。"

在旁边的座位上，一个六十多岁的女人用力地掐着玛丽的大腿，指甲都快抠进肉里去了。

"太太，您还好吗？"

"不好，一点都不好。我要下飞机。"

"哎呀！我觉得这可能不大好办，您带降落伞了吗？"

"我可一点都笑不出来。"

"不好意思，我只是想让您放松一下。"玛丽回道，"我这儿有几片镇静剂，如果您需要的话，我拿一片给您？"

邻座的太太用颤抖的手紧紧地抓住脖子上挂着的玉石项链。

"我之前没吃，因为担心有副作用，我觉得不至于那么严重吧……"

她错了，因为现实比想象的还要糟糕……

2

飞机降落了，安娜的思绪还在上空飘荡。

"简直就跟做梦一样，您说是吧？"

玛丽把书、苹果音乐播放器，还有小记事本收进包里。她压根没用到它们，因为她根本就无法集中注意力。邻座的乘客吃了镇静剂后就跟变了个人似的。接下来的飞行途中，玛丽都在听她着迷地赞叹那些壮观的云彩啦，神奇的鸟儿啦，美味的咖啡啦，还有豪华的机翼啦。她人倒是挺友善的，时间也过得很快，不过玛丽偶尔还是禁不住想问她要不要再服一片，因为这样就可以直接送她去见周公了。

安娜用手搓搓双腿，她感觉脚有点麻了。

"谢谢您给的药。"她乐呵呵地笑道。

"能帮上忙的话，我也很荣幸。"

"我都忘了问您……哎呀我可真是没礼貌！您是来马赛旅游的吗？"

"差不多，可以这样说吧……"

"我也是，我去坐邮轮。三个月待在一艘轮船上，而且我还晕船，这想法可真荒唐，对吧？"

玛丽笑了起来。

"我想我们去的是同一个地方！"

"真的吗？您也是去'一个人环游世界'主题的邮轮？"

"是的，太不可思议了，居然这么巧！"

"对啊，真想不到，"安娜回应道，"无巧不……"

"祝您玩得开心！我们可能还会在船上碰面的。"

"您也玩得开心！希望您在旅行途中能实现自己的期望。"

从马赛机场出来之后，玛丽深深地吸了一口气。这里的空气跟巴黎的没什么不同，然而到处都飘浮着一股自由的甜美气息。她第一个想法就是把手伸进包里去翻手机。她得告诉两个女儿自己平安抵达了第一个目的地。过了好几秒她才想来，自己并没有带手机。因为带上手机的话，她就会觉得自己像被一条绳子绑住似的，不得不发送和接收信息，而她需要断开联系。反正她的女儿也知道在紧急情况下如何联系上她，剩下的就是由她自己去寻找未来生活的前进方向了。

她之前打电话给电话运营商申请取消手机套餐时，电话另一头的男人问她是不是见异思迁看上更好的了。她顿时泪如雨下，的确是时候离开了。

出租车司机一口北方口音，讲起话来却是南方人的腔调。

"您坐个邮轮要带这么多行李啊？"他从后视镜里对她说。

"我要在邮轮上待三个月，所以嘛。"

"啥？三个月？您不会是傻了吧？您在船上待三个月能干啥呀？"

"就是一个人环游世界。"

"这我就不懂了……"

玛丽笑着摘下了耳机，看来她在车上也无法集中注意力。

"行，我给您解释解释。"她说，"以'环游世界'为主题的邮轮不是什么新鲜事了，虽然并不是很多，也算是出现好一阵子了。简单来说，就是在一百天之内环游七大洲四大洋，中途停靠三十多个国家。"

"噢，可真是了不得！这才是旅行嘛！可是为啥说是一个人？船上那么多人，跟'一个人'这仨字完全不沾边啊！"

"这倒是一个全新的概念，甚至可以说是同类型邮轮的处女航了。事实上，所有的乘客都是自己一个人来的。"

"噢，对，我在电视上看到过类似的玩意！就跟婚介所差不多，是这种吧？那房间里可就有好戏看了，如果您懂我的意思的话！"

司机哈哈大笑起来，玛丽不由自主地跟着他一起笑出了声。

"正好相反。这是专门给那些想要自己一个人待着的人所准备的，甚至有规定明令禁止乘客之间成双结对。"

"在一块那又怎样？扔进海里去？嗬，喂鲨鱼？"

"差不多是这样吧。总之，我觉得对于那些想在旅途中找到艳遇的人来说挺扫兴的。正常来说，我们上这艘船都是出于同一个目的：就是重新找到自我。"

"这点子倒不错！可您为啥要找回自己呢？您看起来还挺年轻的！"

玛丽都快笑哭了。

"谢谢夸奖！其实我刚刚离婚，需要摆脱过去、重拾自我才行。而且我一直都想要坐一回邮轮，我的丈夫却完全不感兴趣。所以，当我在旅行社的橱窗里看到那张海报时，我一下子就冲了进去。"

司机使劲地按了按喇叭。

"走啊，往前开啊！你难道还想等禁行牌变绿啊？话说回来，要是您喜欢上了一个人，那该怎么办呢？"

"这不可能发生。心里有空位的时候，人才会喜欢上别人。我现在可完全不是这种情况。"

"这可不是您能决定的。一见钟情，就跟地震一个样：我们人类是斗不过的。"

"行了，您都快成知心大姐了。"

玛丽再也不想把自己的心交给另外的人。上一次她把心托付出去，对方却任意糟蹋。她由此推断，人们是不会去珍惜不属于自己的东西的，于是便把自己的心包裹在气泡膜里以避免受伤害。并不是非得两个人在一起才能幸福，否则说得就好像生活不过就是为了爱情，成双结对的人才有资格获得幸福似的。除了爱一个人，明明还有大把事情可以去做……

"快看那边，那个黄色的烟囱！"司机突然叫道，"那是您的邮轮！"

她迫不及待地想要起程。

3

"您好，我是阿诺尔德。请问您带登船牌了吗？"

玛丽把船票递给这个身穿白色制服立在邮轮入口的男人。她忽然觉得自己很渺小，露丝在踏上"泰坦尼克"号的那一刻应该也有同样的感觉吧，但愿她的命运不会有同样的结局……

"578号房间，从A栈桥过去。欢迎您登上'飞利奇塔'号，德尚太太！"

大厅十分宽敞，以玛丽的品位而言甚至有点过于华丽了，太过像拉斯维加斯的风格，但的确完全营造出了异国他乡的感觉。大理石的地面，镀金的装饰，巨大的水晶吊灯，观光电梯一直升到令人眩晕的高度，墙上爬满了植物，地上铺着彩色的地毯，到处都被璀璨的华灯所照亮，所有这一切都是为了让乘客觉得仿佛置身于另一个世界。

在此之前，她的假期都只是在奥维涅那边亲戚的房子里度过的。在过去的二十年间，每年的八月一日，他们都会把行李装在休旅车上，为了躲避车流和热浪，总是选择在大半夜开车出发。他们和鲁道夫的哥哥、他的妻子以及儿子相聚，然后无所事事地消磨两周时间，接着又原路返回。玛丽总是幻想能去别的地方发现新的风光。有一回，她在超市里参加了一个去墨西哥旅游的抽奖活动。她并没把它当回事，没想到居然中了奖。她把机票藏在餐巾底下想给鲁道夫一个惊喜，他当时的反应她至今仍然历历在目。

　　"我们能用它赚上一笔呢，你把这个放到好棒角二手交易网上去卖吧。"

　　"我们能自己去啊，"她坚持道，"那里有很多东西值得去看，而且那儿的沙滩就跟天堂一样！我们会玩得很开心的，你和我两个人……你考虑一下？"

　　"那你说说我们什么时候去，傻瓜？你都不知道我的工作有多……"

　　"八月份？就这一次，我们不去奥维涅了……"

　　"简直胡说八道！"他说着便把机票扔到地上，"他们刚把房子的游泳池翻新了一遍，你居然不想去好好享受享受。如果你不喜欢我哥，你就直说。"

　　"可是我们从来没出过远门啊！你知道我一直都有这样的梦想。如果是因为你的飞机恐惧症，我知道一个可以体验的场馆，那个地方看起来还蛮不错的……"

　　"别说傻话了，这一点关系都没有。你可千万别到处说我害怕坐飞机，别把我当成一个白痴。这事就到此为止，你可以把声音调回来了。"

　　她取消了静音，并把中奖券放在好棒角二手交易网上卖了出去。他们拿这笔钱买了一台平板电视放在奥维涅那座房子的房间里，还买了新的车胎，另外她还开始收集一样东西：那些她想去却去不了的地方的旅游 DVD。

　　在等电梯的空当，玛丽努力按捺住内心想要赶紧看一眼自己的房间的冲动。她有种仿佛回到十五岁的感觉，像个少女从父母的桎梏中挣脱出来一般。周围的旅客也都跟她一样兴奋得直冒泡。四周人头攒动，热闹拥挤。小册子上写道，今天大概有一千个来自不同国家的乘客登船。有年轻的，不那么年轻的，以及不再年轻的，微笑的，激动的，也有紧张的，迷茫的，准备充分的，冷漠麻木的，健谈的，慌乱的，烦躁的，等等等等。所有人都不一样，不过他们都有一个共同点：那就是大家都是一个人来的。而且，鉴于他们没有改变现状的打算，可以打赌当中的大部分人都是离了婚的、分开了的、丧偶的或者是失恋的，都是一群像她一样在生活的航行途中遭遇海难的人。和这些跟她境遇相同的人待在一起，令她感到些许安心。即使深陷孤独，她也觉得仍有他人围绕在身边。这跟她和鲁道夫相处时的感觉正好完全相反。

　　电梯把玛丽还有一大群人送到 A 栈桥上。突然传来一个熟悉的声音。
　　"我的天哪，我的天哪！"
　　安娜左顾右盼，希望能找到这个声音的来源。
　　"安娜，您还好吗？"
　　"哎哟我的老天爷，玛丽，见到您可真开心！这儿人多得都把我给弄晕了，我快喘不过气来了。"她说着一把抓住了玛丽的手臂。
　　"您在哪间房间？"

"523。他们跟我说是从这儿走过去，但这里实在是太大了，我都迷路了！"

玛丽跟着指示牌，一路陪着安娜来到了她的舱门前。

"喏，您看，我的房间就在那儿。如果您有需要的话，可以随时找我。"

"谢谢，您真是太好了！我并不想浪费您的时间，可是……"

"怎么了？"

"您愿意今晚跟我一起吃饭吗？我需要适应适应这里的环境，这些新鲜的玩意都把我给折腾疯了。"

"非常乐意。不过您得先等我一小会儿，我有点事情要先去处理一下。"玛丽说完便转身离开了。

578 号房间比照片上看起来的还要大。玛丽一眼扫过去就知道自己会喜欢上这个房间。屋里有张双人床，上面铺着蓝色的厚羽绒被，一张配有椅子的白色写字台，一张双人沙发，几个壁橱，电视柜上摆着电视机，床头柜上放着一盏台灯，一间盥洗室，一台小冰箱，一台塔西磨咖啡机。而最为豪华的是，玻璃门外的阳台上摆放有一把折叠式帆布躺椅、一张桌子以及两把椅子。虽然她为此多花了一大笔钱，不过没有什么东西是她的储蓄账户所支付不起的。

莉莉和朱斯蒂娜一出生，鲁道夫就提出让玛丽全心全意照顾家庭。最初几年，她过得很幸福。她非常珍惜能够陪伴两个女儿长大的机会，因为她知道自己是幸运的。但当她们上学以后，日常生活便被无聊所侵蚀。玛丽开始查看报纸上的招聘广告，咨询复学的相关事宜。鲁道夫却不希望她这样，因此千方百计地逼她屈服于自己的想法。

眼看着恭维（"你值得过上更好的生活"）、怪罪（"你想把闺女们放到托管班吗"），还有侮辱（"傻瓜，你连书都还没念完"）都只能让她的计划沉寂短短一阵子，他最后扔出一个令她无力反驳的条件，彻底了结了这桩心事。"我每个月打一笔钱到你的账户上。这样的话，如果你是因为没钱才想出去工作，那么你现在有了。如果是因为无聊，那你也有笔预算能给自己找点事情做做。"银行账户底下的数字每月都在增长，她却从来都没碰过这笔钱。鲁道夫就此还经常责备她，说她没必要到处跟别人讲丈夫不给妻子钱花。多亏了这趟邮轮之旅，她总算找到了一个花出去的好方法。如今，他应该为她感到自豪才对。

忽然响起几声敲门声，是邮轮的服务员过来运送玛丽的行李。

她把绿色的箱子放在床上——她把旅行中必不可少的东西都放进里面了——拉开拉链，托起几样东西，取出她要找的那个。随后她走到阳台，坐在其中一把椅子上。就十二月底的天气而言，今天算是暖和的。

风景开始晃动起来：邮轮正驶出港口。她深深地吸了一口气，塞上耳机，播放让－雅克·高德曼[①]的歌曲，然后把毛线团放在膝上，微笑着打起毛衣来。

4

"玛丽，您真是美极了！我都差点认不出您来了。"

[①] 法国著名歌手、词曲作家，曾获格莱美奖。

玛丽笑着接受了安娜的赞美。

　　"我其实不大知道怎么穿搭才好，不过谢谢啦，安娜！您看起来也很不错。"

　　玛丽脱掉路上穿的便服，换上了黑色长裤和卡其色的毛衣，涂上睫毛膏并且扎了个马尾辫。安娜则穿着和早上一样的西装套裙，不过换了一种颜色。

　　"啊，您还带着包吗？"玛丽问道，"您知道我们在船上不需要带钱，只需要刷一下'飞利奇塔卡'就可以了。"

　　"我知道，我知道。不过我的手机在包里头，我在等一个电话。"

　　"好吧。您想去哪儿吃？"

　　安娜耸了耸肩。

　　"我也不知道。这船太大，弄得我晕头转向的。船上好像有好几家餐厅来着，是吗？"

　　玛丽可一点都没有晕。她已经把邮轮的地图和规定反反复复看了很多遍，几乎把这些内容都印在脑海里了。她的生活中已经很久没有出现过新奇的事物了，并且由于每天都按部就班，她变成了非常有条理的那种人，需要掌控一切事物。她知道船上有五家餐厅、一个超市、一家电影院、几家商店、一座图书馆、一家理发店、几个游泳池，她的房间里有额外多出来的一床被子，接待处有一个电话，一支通晓多种语言的医疗团队，一个太平间；她还知道中途停靠的每个地点以及所有行程安排、船上主要工作人员的面孔、每段航行的时间，当然还有餐厅的菜单。

　　"西班牙餐厅挺吸引我的，"她说，"我看到说他们做的海鲜饭非常好吃。"

"那就听您的了！我也很久没吃过海鲜饭了。再说他们那儿应该还有桑格利亚酒，简直完美。"

玛丽和安娜坐在长椅上，围在一张共用的大桌子边就餐，正式开始了她们在邮轮上的第一个夜晚。一同分享一道菜，而且吃的还是需要动手剥壳的贻贝和虾，是会增进人与人之间的关系的。没过多久，大家就已经和身边一同进餐的乘客聊起天来。玛丽听到身后传来几个像是德语的单词，右边应该是在讲英语，再远一点的地方飘来几句意大利语，或者是西班牙语吧，这两种语言她总是会搞混。

她上一次在学校以外的地方用到意大利语是八岁时候的事了。那次，她的父母带着她和妹妹去意大利露营玩了几天。她对于发掘异国文化满怀热情，把整整一本九十六页的草稿本都给画满了，并且发誓以后要多去旅行。她也不算完全撒谎：毕竟她一直在收集旅游 DVD。

"请问您是法国人吗？"

坐在安娜旁边的一个棕发美女用力吸着虾头的汁。

"能听到有人讲法语真是太好了！我还以为这里只有外国人呢。你们看看，周围只有老人，如果他们还不说法语的话，那我都不想活了。对了，我叫卡米耶。"

"我是法国人，"安娜回答道，"不过话说回来，恐怕我同时也是个老太婆。"

"那总归比不是法国人要好，我最受不了寂寞了。"

玛丽抬了抬眉毛。

"那么，我想您上错船了吧。"

"没有，我就是不大懂什么独自啊孤独啊之类的玩意，反正我也没仔细看那本小册子。总之我必须得去环游世界，在这段时间就只有这趟邮轮能选了。"

"必须？"安娜重复了一遍。

卡米耶开始吃起她面前的鸡肉。

"对啊，我受够了慢吞吞的生活节奏，工作啦，朋友啦，账单啦……我还没到二十五岁呢！所以我就请了假，给自己一个挑战：我要在每个国家都拿下一个男人。"

坐在玛丽身旁的一个灰头发的男人差点被一小片西班牙辣香肠给呛死。

"您要在每个国家都拿下一个男人？"安娜一字一顿地重复道。

"嗯，当然啦！其实，也不是说我每次都非得和那个人睡在一起，对吧。除非他真的特别帅，不然的话亲个嘴也就够了。"

灰头发的男人在长椅上手忙脚乱不知如何是好。玛丽又给自己倒了一杯酒。

"您是干什么工作的？"她问。

"我在一家私人银行管理财产，而且只负责那些大客户。不敢相信吧，因为我看起来不像是那种典型的专业人士。"

玛丽赶紧抓过一张餐巾纸挡住嘴，以免把桑格利亚酒给喷出来。安娜摇摇头，扑哧一声笑了。卡米耶也学着她们，举起了自己的酒杯。

"为我们的环游世界之旅，干杯！"

"为我们的环游世界之旅，干杯！"

三个女人坐在上层甲板的帆布躺椅上，每个人身上都裹着房间里多出来的那床被子，一起度过了晚上的时间。

卡米耶详细地阐述了她的宏伟计划，安娜感觉肚子不舒服，琢磨着是不是晕船的前兆，玛丽则讲了她在丈夫生日那天留给他的"惊喜"。

遥望着头顶的星星，她蓦然对现状有了清楚的认识。此刻她身处一艘航行在地中海的邮轮上，身边没有亲人，远离她所熟悉的世界，却和一个焦虑不安的六十多岁的老太太以及一个欲壑难填的年轻女孩待在一起。

她本来可能会害怕、有罪恶感、后悔不迭，然后掉头回去，取消全部计划，好像什么都没发生似的回到家里。然而她还是更喜欢现在这种久违的充斥全身的感觉：自豪感。

直到安娜突然哭了起来。

5

玛丽昨晚喝了太多酒，也吸了太多烟。对一个不吸烟的人而言，两根半的烟已经算很多了。轻轻的敲门声把她从睡梦拉回到现实中来。电视机上的红色数字信号显示现在是七点钟。她和安娜、卡米耶聊了一整晚，回来之后才睡了不到五小时。

她掀开羽绒被。已经很多年没睡过这么好的觉了，很有可能是邮轮晃动的原因。一切就如同那种自由的感觉一样，如影随形般围绕着她。

她迅速套上一件睡袍，打开门，看到安娜站在面前，双眼红肿，嘴角向下耷拉着。

"早上好，玛丽。首先，我必须要跟你说明，正常情况下，我并不是那种随便向别人吐露心事的人。"

"进来吧，我还没穿好衣服。"

她顺从地坐到沙发上，玛丽则坐在床角上正对着她。

"我夜里一直没睡，"安娜叹了口气说，"我想我犯了一个严重的错误……我毁了自己的一辈子。"

"昨晚你就是因为这个才哭的？"

"是的。我之前不敢跟你们说，所以撒了谎。可现在，我必须得说出来，我再也没办法把它憋在心里了。你愿意听我说吗？"

"当然啦！你想要喝点橙汁吗？"

安娜一边绞着纸手帕，一边向玛丽倾诉了一切。

她今年六十二岁，和她的伴侣多米尼克在一起已经将近四十年了。两人如此亲密无间，以至于他们决定不要孩子。

"两个人在一起，对我们来说就足够了，有一个孩子反而会显得多余。"

安娜以为他们之间的和谐与默契会永远不变。夫妇俩从来没有过裂痕，最多也就有过几次小争执而已，而且通过沟通很快便和好如初。在朋友眼里，他们是模范夫妻，他们自己也常常重复说能够找到彼此真是无比幸运，他们对于幸福的定义就是两个人在一起。

但就在几个月前，多米尼克的行为举止突然变了。他以前总是高高兴兴的，现在却变得郁郁寡欢。原因是他的公司遇到了一个新的竞争对手，而对方正在抢夺他最重要的几个客户。如果他不能阻止客源流失，那么他就得辞退手下的同事，同时放弃公司。

他已经不计日夜地工作，可情况还是越来越糟。他几乎把每分每秒都花在了公司上。每天早上他都起得比安娜还早，洗澡时尽量不弄出太大的噪声，接着便轻轻地关上门离开家。到了晚上，他都是在她睡着之后才回来，小心翼翼地钻进被窝在她身旁躺下，免得吵醒她。难得几次他们能碰上一面，他的心思却都在别的事情上。他又焦虑又紧张，令人捉摸不透。安娜的生活顿时变得寂静无声，因而备感孤独。

"我很害怕。我当时快退休了，以前我总是迫不及待地想要赶快退休，但那阵子，我却开始担心了。退休以后每天的生活会变成什么样啊？一连串无声无息的日子……而且他还不在身边？我没法想象自己在这种沉闷的气氛下过日子。完全不可能！所以，我就试着让他振作起来……你有面巾纸吗？"

"没有……卫生纸可以吗？"

一开始，安娜尝试和他商量。这是他们的强项：沟通——每次别人问起他们长久相处的秘诀时他们所宣扬的东西。她跟他解释说自己觉得很孤单，甚至宁愿继续去上班算了，起码那里还有同事。他好像是明白了她的意思，也做出了不少努力，可是很快就又泄气了。

她在对方生命中所占据的位置再也不是最重要的了。于是在一天晚上，当他直到半夜都还没回家时，她从床上爬起来，把他的东西都塞进行李箱里，然后把它放在家门外边，钥匙留在门锁上，接着她便回房间睡觉了。

"真的吗？你没开玩笑吧！"玛丽惊讶地问道。

"我只是想让他对我的行为有所反应，我不相信他真的会拿着箱子直接走掉。我当时以为他肯定会摁门铃或者打电话给我的！"

然而都没有。多米尼克拎着箱子消失了，是真的销声匿迹了。安娜给他打了无数个电话，也留了数不清的语音信息，还在他的办公室前等了好几小时。直到一个星期后，他才回复了她。他说他很失望，这是他第一次如此需要她的支持，她却没有站在他这一边。再加上她总是拒绝他的求婚，他再也无法相信她了。他需要时间，停下来好好想一想。

　　安娜抽噎着继续说下去。

　　"他说得对：我对他的态度一直很恶劣。我本该在他第一次求婚的时候就答应他的，但我当时不想这样。我们不需要这个，我害怕这会毁掉什么东西。"

　　"他再也没回来吗？"玛丽问。

　　"等等，我还没说完呢！"

　　没有了多米尼克在身旁，安娜一直提不起精神来。没了他，她什么都不会做，也什么都不想做。未来的图景越来越清晰，却与她所向往的南辕北辙。一切都让她想到过去，一首歌、一部电影，抑或是一种气味，她继续抑郁下去。就在那时，她干了一件她称之为"至今为止最大的蠢事"。

　　那是一个同事间的聚会，大家聊些趣闻八卦，同时也灌了不少酒。其中让－马克也在场，他是个程序员，却非常懂得安慰他人。

　　她跟他倾诉自己的心事，他认真地聆听，不停地说些亲切的话语，抚摸着她的手臂，终于让她停止了哭泣。后来，她稀里糊涂地发现自己竟然在他的房间里，并且还跨坐在他身上。当他撕开一个安全套的包装时，她突然意识到发生了什么事，急急忙忙地爬起身，从地上拾起自己的衣物，甚至来不及重新穿好衣服就一溜烟逃走了。

"挺好的啊，你及时停下来了！"玛丽说。

"多米尼克可不是这么想的……"

"该死！"

"唉，是啊……"

经过几周的反思后，多米尼克意识到自己很想念另一方，便邀请她到两人都特别喜欢的一家餐厅，打算告诉她自己希望能够重新一起生活。她欣喜若狂，觉得自己不应该对他撒谎。反正她和让－马克之间也没有真的发生什么，他应该感到放心，并且理解她的。

然而不幸的是，他并没有如预期一样接受她的坦白。他一声不吭地瞪着她，而她则低头盯着盘子里的金头鲷，就这样结束了晚餐。

"一个星期后，他把他的全部东西都拿走了。一眨眼的工夫！四十年共同生活的回忆就通通塞进一辆搬家货车里头了。我一直目送他到路的尽头，盼望着车能掉头回来。但它变得越来越小，最后消失不见……"

"你没试过跟他好好解释一遍，把事情给说清楚吗？"

所有的办法她都试过了。她给他写信、发短信、说明理由，也哭过、恳求过、承诺过，她甚至去找过一个有名的通灵人，据说那人能够远程操控指定的人选，然而还是无济于事，仿佛他把她从生命当中删掉了一样。这趟邮轮，是她最后的机会。

她给他发了一条信息，告诉他自己要起程了。短信写得模棱两可："我走了，再见。"她期盼着对方会有一个回应。如果他还有那么一点点爱她，他就会担心，就会想知道更多的情况，不会让她就这样离开。从昨天开始她就没有离开过手机，可它连一次都没响过。

"结束了，"她叹口气道，"我失去了他。"

"我替你感到难过，安娜。你看起来很坚强，我相信你一定能够重新振作起来的。"

"我不想振作起来，我想要他回来。我根本没办法不爱他。"

玛丽得去盥洗室拿第二卷卫生纸给安娜才行。

"我不大确定这能不能改变什么，不过我倒是有一个主意。"

6

大巴车快挤满了。邮轮的乘客们如今坐在黄色的座椅上，手里拿着相机等待出发。显而易见，在巴塞罗那的游览活动当中，有导游陪同参观的一日游最受欢迎。

"我的天哪，人可真多！我们都快被闷死了！你们确定不想去做水疗吗？"

安娜用手帕轻轻拍打额头。如果她是一个人的话，她更愿意去参加人数少点的活动，在人群里会让她烦躁不安。但是按照玛丽跟她解释的那个计划，为了重新赢回多米尼克，貌似今天下午趁着自由活动时间就得开始行动。她没有别的选择：她必须得在场。

卡米耶也加入了她们。对于她要实现的征服目标来说，加泰罗尼亚区的首府是个不错的起跑线，她一直都对拉丁帅哥情有独钟。

"见鬼，剩下的座位都是隔开的，我们没法并排坐在一块！"

"没关系，"玛丽回应道，"参观结束后我们再碰面吧。"

自从上船以后，她就很少有时间留给自己，能够一个人待会儿对她来说没有坏处。年轻时，她痛恨孤独，需要无时无刻不被人包围着；而之后她却承受了长久的孤独；最终，孤独反而成了她的同伴。随着时间的推移，她已经对孤独习以为常了。

她朝第三排靠窗的一个空座位走过去。靠走廊的那一侧坐着一个男人，双腿舒展地伸到前面的座椅底下，正埋头看一本旅行指南。玛丽认得这头灰色的头发。前一天晚上他跟她们共用一张桌子，还差点被卡米耶的话给呛死。所以他也是法国人了。

"先生，不好意思。"她说。

没有反应。

"对不起，先生，我想坐过去。"

还是什么反应都没有。

"喂喂！您能听到我讲话吗？"她碰了碰他的肩膀重复道。

"这个位子被占了。"他连眼皮都不抬一下。

"啊，抱歉，您在等人吗？"

"不是。可是您看得到我的背包就在这儿吧。"

"您是在开玩笑吧？"

"……"

"先生？"

"……"

玛丽看了四周一眼，剩下的座位都是靠走廊的，这样的话她就看不到什么风景了，她想要坐在这个位子上。卡米耶隔着两排坐在后面，她朝空中举起一个拳头给她加油打气。大巴车开动了。那个男人却丝毫不受影响，继续读着原来那一页。

"行，好啦，得了吧，就让我过去呗。别人都在看热闹呢。"

"您打扰到我了，我正在看书。"

玛丽弯下腰，冷笑着在他耳边低声说：

"真不凑巧，我最烦您这种类型的人了。行吧，如果您不让我过去的话，我就从您身上爬过去，坐在这个破背包上面。"

灰头发的男人依旧纹丝不动，过了几秒，尽管视线仍停留在书页上，他把自己的背包抓过来放在腿下，屈起双腿让她过去。

玛丽点了点头。

"先生，非常感谢。"

"哼。"

她从他的膝盖和前面座椅之间的缝隙中穿过去，随后坐下来，为了让自己放轻松，她全神贯注地望着窗外不停向后移动的加泰罗尼亚的房子。虽然车上的乘客看起来没有听见她说的话，可她还是觉得有点尴尬。她从来都不喜欢引人注目。这个家伙却把她逼进了死胡同，火气一下子就蹿上来了，根本没办法控制住自己。她把双手压在大腿下面，好让它们别抖得那么厉害。身上那套贤惠的家庭主妇的服装这会儿突然变得特别紧，到处都嘶嘶啦啦地响，仿佛快要裂开。

她刚才的举动就好像意味着留下一个好的第一印象已不像以前那么重要了，就好像她再也不关心别人是怎么看她的了。其实她还是在乎的。

保护壳之下隐藏着的那个陌生的自我令人恐惧。但她已经很久没有像现在这样觉得自己充满活力了。

游览完巴塞罗那几个著名景点之后，旅游大巴在旧港那里停下，好让游客自由享受下午的时光。玛丽、安娜和卡米耶在哥伦布纪念碑下会合。

"你们打算干什么？"

"我们准备去兰布拉那儿逛逛，您有兴趣吗？"

"兰布拉是什么地方？"安娜问。

"那是一条特别热闹的大街，有咖啡馆啦、真人雕像啦、表演摊位啦等，总之是巴塞罗那绝对不能错过的一个地方！"玛丽引用了她看过的一张 DVD 里的介绍。

"那我就不跟你们去了，我要去追拉丁帅哥！"卡米耶一边喊一边跑远，"等会儿见啦，姑娘们！"

安娜向她挥手致意。

"我真羡慕她那么无忧无虑啊……"

"你也试着享受一下吧，看看现在的天气多好啊！还有这座城市真是太美了，不是吗？"

"是啊。圣家族大教堂真是令我惊叹不已，如果我能和多米尼克一起分享就更好了……"

兰布拉大街从眼前延伸开去，玛丽一把勾住安娜的手臂，拉着她走过去。

"来吧，我们有大把事情要做。"

7

这已经是她们去的第三家报刊亭了，安娜在前两家商店都没有找到想买的东西。在她看来，玛丽的计划几乎注定要泡汤，但她还是听从了这个建议。她原来以为自己已经错过了最后一次机会，没想到又出现了一个额外的机会，她当然不会去拒绝它。

　　玛丽本来没有打算在这趟航海旅行中结交朋友，她原本所预想的甚至是完全相反的情况。她曾想象自己在邮轮上思考，在异国风光前沉思，参观景点，品尝美食，漂浮在游泳池里，总之都是一个人。这就是她所需要的，也是她选择这趟航行的原因。安娜和卡米耶却阻碍了她的计划。她和另外两人一起共度了许多时光，而且预计接下来的旅途也多半会和她们待在一块，不过说到底，她并不讨厌这样的陪伴。

　　她曾经有许多朋友，而且是一大帮。高中时期，他们十多个人形影不离，有女生、男生，还有一对对情侣。他们把友谊刻在学校操场边的一把长椅上，彼此约定永远不分开。他们一起设想未来，想象各自有了家庭之后，依旧会在晚上出来聚会，一想到那时他们中间还会多出几个小孩，就笑得更加开心了。他们一边骑着小摩托车一边发誓，绝对不会变成那种连几分钟都挤不出来给朋友的大人。他们的确信守了承诺，彼此没有失去联系。他们依旧是脸书上的好友，互相在照片底下点赞。玛丽知道桑蒂亚有两个小孩，亚历克斯住在伦敦，艾玛是弗洛朗斯·福雷斯蒂 [①] 的粉丝。

　　除了她的妹妹、鲁道夫同事的妻子以及女儿朋友的妈妈，她就没有别的来往了。能在旅途中遇到这两个性格迥异的女性同伴，肯定不是没有意义的。她们俩和她一样，都是站在人生的十字路口，所选择的方向将会决定余下的一生，处于这样一个重要关头。她们三人在一起并不会变得更明智，大抵也不会变得更坚强。但是，至少她们不会再孤单。

---

　　① 法国谐星。

"我觉得就选这张吧。"

安娜把手伸向明信片陈列架，从中拿出一张，上面是一对恋人在热气球上俯瞰巴塞罗那。

玛丽点点头。

"这张很好啊，你还要再买一支笔吗？"

她的计划其实很简单。

多米尼克对安娜的感情产生怀疑，因为她没有在他需要的时候给予支持。为了让他有所反应，她故意没有告诉他自己去了哪里。她本应消除他的疑虑，这样做却反而增添了他的疑惑。所以如今她要试着去让他重新相信自己。

她们两人坐在一家当地特色餐馆的露天座上。安娜啜饮了一口桑格利亚酒，然后从包里掏出明信片。当她把它放到桌子上时，却又开始打退堂鼓了。玛丽用笑容鼓励她。安娜深吸一口气，随后用那支从纪念品商店里淘来的银色钢笔，慢慢地写下之前就想好的内容。在贴好了邮票的信封上，她填上多米尼克的地址，封好信封，接着便靠在椅背上，一动也不动。

"我不敢把它给寄出去，我太害怕了。"

"有什么好害怕的呢？"玛丽问道，开始吃她点的那份土豆洋葱蛋饼。

"我怕永远失去他。不过，也许我已经失去了，可我还是抱有一丝希望。他很有可能不会喜欢这个的，会以为我在嘲讽他。"

玛丽摇了摇头。

"我敢肯定不会的,我相信他在等着你这边的准信,他现在一定很迷茫。"

"或许你说得没错,但我担心自己还是没有勇气。你知道的,我就是个胆小鬼……"

作为对上一句话的回答,玛丽当即放下叉子,一把抓起信封,站起身来快步跑过步行街,停在几米开外她刚才发现的一个信箱前。取信时间是在两小时后。她望了安娜一眼,对方看起来似乎已经惊讶得停止了呼吸,玛丽朝她微微一笑,然后把信封塞进了邮筒。她的勇气在沉睡许久后终于重新浮上了水面。

8

卡米耶坐在玛丽的露天阳台上跟她们讲述了自己在加泰罗尼亚的艳遇。她们三人围在两个纸箱子边上,腿上盖着被子保暖,一边吃比萨一边分享八卦趣事。

"过来看看这个帅哥!"

卡米耶把智能手机伸到对面两人的眼皮底下。屏幕上一个男人摆着姿势,棕色的头发半长不短。

"我要把他设置成手机壁纸,等到下一次我就再换一个人,这就成了人们所说的动态壁纸了!"

看到她如此兴奋,玛丽和安娜都忍不住大笑起来。

这头猎物名叫米格尔,他在很远处就被锁定了。紧致结实的屁股被褪色的牛仔裤裹着,正中她的胃口。猎人观察了他一会儿,而后才在暗地里偷偷靠近。只有一次进攻机会，所以她绝不能犯错。猎物没有任何反抗，就掉进了垂涎三尺的捕猎者的微笑里，只需要再合上陷阱就可以了。

从航行一开始，卡米耶就自吹自擂：她要接连征服世界各地的男人，而且是不动感情、不加顾忌、不受牵绊的那种。然而事实是，她并不确定自己能成功。她还没有对两位新朋友坦白的是，面对男人，自己其实并非什么情场高手。说实在话，在迄今为止的人生当中，她只有过一个男朋友。而对方甚至都没把她当成真的女朋友。

两年前，卡米耶还是个胖子。既不是圆滚滚、胖嘟嘟、肉乎乎，也不是丰满、肥硕、强壮。一个字，就是胖。自从母亲去世以后，她就把自己用一层又一层的脂肪包裹起来。为了让别人忽略她的肥胖，她学会了一系列技能。

别人可以用一长串形容词来描述她：幽默风趣、乐于助人、温文尔雅、勤奋努力、擅长绘画、感情丰富、充满活力，或许还有仔细认真。但这仍旧不够，外在的肥胖还是比内在的修养更为显眼。所以，卡米耶是那个爱开玩笑的胖子，是那个被邀请去晚会上活跃气氛的好伙伴，而当慢狐步舞的音乐响起时，却是被遗忘在角落的那个人。

"真是可惜啊"这句话，无疑是她从出生以来听得最多的。奶奶认为她可爱的脸蛋配上她圆胖的身体真是可惜，父亲认为她不再努力减肥真是可惜，朋友们认为她不陪她们逛街真是可惜，弟弟认为她把蛋糕吃光了真是可惜，男生认为她喜欢上他们真是可惜。直到她遇到了阿尔诺。

那时她十八岁，他在第二学期①期中空降到她的班上。他们第一次做爱时，他把灯关掉了，她以为他是出于周到。他经常来看她，他们把房门关上，在里面看电视、复习功课、拥抱亲吻。她很想知道他究竟看上自己哪一点。

他不想被别人知道两人的关系。同班的情侣总是不受欢迎的，所以保守秘密更好。这个秘密一藏就是三年。有一天，他没来找她，她就给他留了一个信息，却被另一个朋友不小心看到了。顿时流言四起，最后在一个夜晚的聚会上终结。当时阿尔诺和卡米耶在公共场合当面对质，随之结束的还有他们的故事。"你们真的觉得我会跟那个胖妞在一起？"他说。她哭了，别人都为她辩护，于是他就离开了。

那晚回到家后，她脱下衣服，对着镜子观察自己肥胖的身体。她攥紧拳头，用尽全力一块接一块地搓身上的皮。肚子上的赘肉松软无力地垂到下腹，丑陋的胸部，大腿粗得令她不得不叉开腿走路，浮肿的脸庞，恶心的屁股。她痛得要死，浑身通红，但脂肪就是不融化，它们甚至都没办法被捏起来。从第二天起，她开始新一轮的节食，可惜只坚持了四天。

两年前，卡米耶存够了一笔零花钱做手术。她拉着一个塞满了宽松T恤的箱子，满怀希望地去到一家诊所。医生跟她解释说这将会非常痛苦，战斗才刚刚打响。她则回答说真正奏响的是她重生的号角。

他们缩小了她的胃，从而提高了她的自信。体重秤上的指针一公斤一公斤地往下降。当她减掉四十五公斤之后，她又做手术把松弛的皮肤给切掉，接着开始运动，进行新一阶段的治疗。最后她申请调职到一家

---

① 按法国学制，暑假后开学到圣诞节前为第一学期，圣诞节后到复活节前为第二学期，复活节后到暑假为第三学期。

没人认识她的事务所。

过去六个月，她都和朱利安共用一间办公室。她其实还想和他分享更多的东西，而不仅仅是一顿顿午餐。他只需要让她递过来一份文件，就足以令她心里头如小鹿乱撞。然而，当他邀请她共进晚餐时，她却感到恐慌。她还没准备好，害怕自己没有足够的经验，害怕他看见她的萎缩纹，害怕在他身上重蹈覆辙，害怕自己表现糟糕……她请了一年的假，决定来个恋爱速成培训。

"你和米格尔最后进展到哪一步了？"安娜问。

"哦，我们只是舌吻过而已。他的舌头有点软，这说明其他的也不大好。"

9

终于又能踏在坚实的土地上了。邮轮在海上航行了两天后，把乘客运到了丰沙尔——马德拉群岛的首府城市。玛丽站在码头边上，开始向安娜和卡米耶一一列举推荐的活动。

"我挺想去杰朗角上野餐，你们呢？"

"那是一座古建筑吗？"安娜问。

"不是，那是一处海岸边的悬崖，据说风景特别壮观。"

"哎哟，那我还是尽量避免靠近悬崖边缘吧……"

"我读到说那儿还有人玩山崖跳伞呢，"卡米耶补充道，"我觉得我和这儿挺来电的！"

安娜皱了皱眉。

"为什么叫'来电'？"

这回，大巴几乎是空的。玛丽一眼就认出了那个灰头发的男人，坐在第三排靠走廊的位置上，双腿伸到前面的座椅下，眼睛盯着书看，背包又搁在旁边的座椅上。

她突然很想从他的脚上踩过去，把他的相机直接摔到地上，或是假装一不小心，猛地给他一拳。她很少会有这类想法。事实上，倒是有过一次。那是针对若赛特·拉尼史，一个人如其名的邻居。

悬崖边上有一个延伸出去的玻璃观景平台。望着呈现在眼前的美景，玛丽屏住了呼吸。她从来都没有见过如此美丽的景色。

山坡上的梯田紧密相连，农民通过一条专用的缆车线能下到那里。远处，当地特色的小房子面朝着广袤无垠的大西洋。脚下的海浪无休止地来回冲刷着岩石。她深吸了一口含碘的空气，这可是她在 DVD 上无法体验到的东西。即便是那个灰头发的男人也被这片景色给吸引住了，他紧紧抓住扶手，不再阴沉着脸。

在这个离地面五百八十九米的高处，玛丽感觉终于可以和自己的灵魂和谐共处了。她俯瞰着一切，无论是风景，还是她的生活以及目前的状况。

"好啦，你们在悬崖边上待够了吗？我头又晕、眼又花！"

安娜站在离观景台二十多米远的地方，双手捂住眼睛，只敢透过手指缝看外面。卡米耶见她那副模样，笑着牵起玛丽的手。

"好吧，走啦，我们回去找她。不然的话，她就得狠狠地揍我们一顿了。"

"正好，我也觉得有点饿了！"

木桌子的位置是经过精心挑选的：离悬崖边不太近，这样就不会吓到安娜；但视野基本不受影响，尤其是还能看到在山崖边跳伞的人。

野餐快结束时，卡米耶看中了那个跳伞教练。他一定长得很帅，对此她百分百确信。尽管他被头盔、太阳镜以及连体服装给包裹得严严实实，她还是不肯却步。

"你们想试飞一下吗？"她问。

"我想我宁愿去死。"安娜答道。

"玛丽你呢？"

"我不知道……但看起来还是挺震撼的！"

"去吧，玛丽，大胆一点！"安娜大声地鼓励她，"其实我也想去，不过我吓得腿都软了，别跟我一样。"

玛丽长长地吸入一口气。

"行吧，好嘞，和老鹰一起滑翔去咯！"

这一晚，三人回到各自的房间后，都在记忆里回放这一天当中发生的事情。

卡米耶想起了莱昂纳多——那个帅气的教练。滑翔途中，她感觉到他的气息一直呼在自己的颈背上。之后他休息了一会儿，好和她一起在四周漫步参观，还带她去看了岛上最美妙的一个观景点。的确很棒，可是依然比不上他的嘴唇。

在回去的那一刻，他终于下定决心吻了她。他有点笨拙，但就第一次而言反而很完美。他应该没注意到她也同样笨手笨脚。她多想他在拍照的时候能摘下眼镜，可是这张照片作为壁纸也挺适合的。

安娜回想起她在丰沙尔逛的一家纪念品小店。她差点就想放弃那个计划，打算掉头就走，给自己找借口说翻遍整座城市都没找到一张好的明信片，但她最后还是没有听任自己就此放弃。在改变主意之前，她挑了一张十分理想的明信片：一对情侣在悬崖边拥抱，头顶上空有滑翔伞飞过。她在背面写了几个字，然后把它塞进一个红色邮筒里，并且希望这个信箱不只是个当地的传统摆设，而是真的能用来寄信。

她想象多米尼克收到明信片时脸上的表情，但愿不是一脸不快吧。

玛丽回味着她在空中的飞翔。当她在悬崖上飞快地跑起来而后一下子冲向半空中时，她的心脏都快要爆炸了。下一个瞬间，便迎来自由。当她随风滑翔时，喜悦、满足夹杂着能量席卷而来。她想要大声呼喊，可能她真的叫了，她记不太清楚了。

幸好她拍了照片，不然她的女儿怎么都不会相信的。她仿佛又看见了那个八岁的小玛丽，当她和父亲一起注视着一群飞翔的鹤时，斩钉截铁地说自己有一天也要像鸟儿一样飞起来。现在这个小女孩终于能为她感到骄傲了。

10

理发店位于 E 栈桥上。今晚有跨年晚宴，玛丽准备好好庆祝一番。前一天夜里，她梦见自己留着一头红棕色头发，发色还很适合自己。醒来后，她就清楚地知道，无论什么都不能阻止自己变成那个样子了。

每次她告诉鲁道夫说自己想换个发型，他都会反对：红棕色，是属于那些想要引人注目的女人的。她本身的发色很适合她。这的确没错，深褐色非常符合她直白坦率的性格。是时候该改变了。

一看萨布里亚就知道她是个理发师。一头前长后短的淡金黄色波波头，边上是两缕黑色的头发，这就是最明显的证据。对于即将开工的全新造型，她比玛丽本人还要兴奋。

"我用一块毛巾挡住镜子，"她边说边照做起来，"这样的话，您最后才看得到结果，好吗？"

把自己的头发交给一个陌生人，而且自己还不准看，这完全超出了玛丽的理解范围，她费了好大力气才让自己不从座位上跑开。上一次她踏进一家理发店是三年前的事了，那次去是为了把白头发给遮盖住。女理发师坚持要给她剪短发尾并且"只需要一点点小动作，就能让头发看起来没那么稀少"。那次离开发廊的时候，玛丽感觉自己就像从宠物美容院里走出来的，顶着一头和奇奇一模一样的发型，奇奇是她小时候养过的一只长毛垂耳猎犬。

"所以说，您为什么要一个人坐邮轮呢？"萨布里亚边按摩头皮边问道。

"我需要重新找回自己。"

"您被甩了？"

"是我离开了我丈夫。"玛丽答道，却祈求对方能闭上嘴，让她能好好享受按摩。

"啊，这样挺好的！就像我常说的一样，不被甩的最好的方法，就是先把别人给甩了。他干什么了？有外遇了？"

"他什么也没干。他就是那样的人。"

"他是什么样的人？同性恋？"

玛丽忍不住笑了起来。

"当然不是！他就是那样的人，就这么简单。我再也受不了他的生活方式了。"

"噢！好吧，"萨布里亚说着把手搭在了胸前，"我以前有个朋友，她名叫卡罗勒。她和我在同一所初中。我很喜欢她，她很风趣，而且她总是戴着很漂亮的耳环。总之，她跟您干了同样的事：就是离开她的丈夫。结果呢，她丈夫把她给杀了。我一点都没夸张，就一枪打在她头上，好像至今还有脑浆残留在墙上。您得当心点。算了，我说了这么多，您就当我什么也没说吧。"

安娜和卡米耶这会儿大概在寻思她去哪儿了。她想象着她们看到自己的发型时脸上惊讶的表情。

她一个字都没跟她们提起过自己的安排，因为她想给另外两人一个惊喜。今天夜里，她们就要进入新的一年了。过去的玛丽就留在过去的一年吧。

白色的瓷砖地面逐渐被一缕缕褐色的长发覆盖住了。泪水刺痛着眼睛，但她不愿意哭出来，她已经哭得够多了。在所有那些丈夫声称自己"在开会"的晚上，她哭光了一个又一个面巾纸盒；所有那些年间，她一再试图说服自己他们仍是一家人；还有所有那些他收到的短信，吓他一大跳的手机铃声，所有那些失信的诺言。眼泪几乎成了家常便饭。但她不会再哭了，尤其不会因为这些掉到地上的褐色头发而哭。

"美——极——了！您真是光彩夺目啊！"

萨布里亚从每个角度仔细观察玛丽，一边拍手一边轻声赞叹。玛丽感觉自己慢慢被恐惧所占据。有一些人是宁愿一辈子都不要去承受别人的赞美的。随后毛巾被拿了下来。

镜子里的人，是她。总算是她自己了。以前当她幻想未来生活时，这就是她所想象的自己的样子。她靠近看，转一转头，碰一碰头发，对此很是中意。带点卷的铜色齐发，刘海正好垂到她浅褐色的眼睛上。她差一点就想去抱住镜子里的人了。萨布里亚还在不停地鼓掌，玛丽对她很是感激。

安娜和卡米耶坐在上层甲板的帆布躺椅上。她们一边讨论，一边捧着一杯茶暖手。玛丽来到她们正对面，双手叉腰，高高地抬起下巴。

"请您不要挡住我们的太阳好吗？"卡米耶抬起头来扔出一句话。

"玛丽？"安娜惊呼一声，"玛丽，是你吧？我简直都不敢相信，你居然变得这么好看！"

安娜甚至特意站起身来去欣赏她的新造型。

"你真是容光焕发啊，你弄得我都想去做个同样的发型了，神神秘秘的小家伙！"

玛丽得意地转了个圈。

"谢谢，亲爱的！我本来想给你们一个惊喜的。我顺便还修了眉毛、化了点妆。我得花些时间去适应适应才行，不过我觉得还算可以吧。"

"还算可以？"卡米耶大叫道，"你开玩笑吧！简直就是翻版朱莉娅·罗伯茨了！如果你在这船上没钓到一两个男人，那我就去当尼姑。"

"那就准备好你的贞操带吧。我宁愿被鲨鱼吃了，也不会去谈什么恋爱。"

在挂着救生艇的另一侧，灰头发的男人倚在栏杆上，手里夹着根烟，注视着眼前这一幕。

11

今晚是年末最后一晚。邮轮上安排了好几场主题宴会，有酒会、音乐会、桌游聚会和化装舞会。玛丽、安娜以及卡米耶决定换个身份角色来结束这一年，也就是说选化装舞会了。

为了这场舞会，邮轮还特地开了一家临时的化装用品商店。她们为了找到一件合适的服装，在里头花了整整两小时。安娜好几次差点就放弃了，因为每一套服装都无比夸张，她根本没胆量穿在身上；玛丽试了好几件才找到最适合自己的那一套；而卡米耶则迅速地选好、试穿，很快就定了下来。

舞厅里人满为患。天花板上挂着闪亮的装饰彩带、聚光灯以及迪斯科球灯，游客们随着音乐的节奏扭动身体。

各式各样的服装打破了种种界限。佐罗在和米奇一起喝酒，一头大猩猩像被魔鬼附身似的手舞足蹈，神奇女侠和一个啦啦队美少女在吧台边讲知心话。

接近午夜时分，音乐声逐渐减弱。主持人宣布即将开始新年倒数。野姑娘玛丽、漫游奇境的安娜以及猫女卡米耶因为气氛和酒意而醺醺然，此时握住了彼此的手。

"十、九、八……"

玛丽闭上双眼，最后一次回首过去的一年。去年的最后一晚，她为鲁道夫和自己精心烹调了一顿节日大餐。两个女儿去和她们的朋友一起跨年了，电视机关着，正是名副其实地回到二人世界的好机会。

她穿上高跟鞋，打了点腮红。晚上八点时，她把蜡烛也点上了。九点时，她发了一条短信。

到了十点，她已经打过三次电话了。十一点，她把抹了鹅肝酱的吐司全吃完了。零点时，她打了一通电话给医院。凌晨一点，她一个人上床睡觉。鸭胸肉已经凉了，炉火变小了，她的心被燃烧殆尽，只余下一片灰烬。

在那时候，她还期盼着能够挽救他们的家庭。但其实只有她一个人还这样执着相信着，她本应早点认清这个现实的。离开是她所做过的最艰难的决定。丢下二十年生活里的一切，离开所有熟悉的事物，把日常变成回忆，给家庭画上句号，没有一件是轻而易举的事情。可一旦女儿们把这些想法植入到她的脑海以后，类似的念头就再也挥之不去了。

她不在意接下来会发生什么。她原本在一条熟悉的路上前进，那里的每一棵小草、每一块石头以及终点，她都一一知晓，如今她却选择了另一条荒凉而陌生的道路。她也许会踉跄，偶尔会滑倒，肯定还会掉进几个陷阱里。什么都无法预见。新的一年开始了，既神秘莫测、振奋人心而又令人担忧。但她会高兴、坚强、充满希望地迎接它，另外还略带醉意。

"七、六、五……"

安娜感觉到玛丽握紧了她的手。她明白对方想表达什么，不由得哽咽了。

她思忖着多米尼克此刻在做什么。他是不是一个人，是不是很悲伤，是不是在打开新日历的同时也准备翻开新的人生篇章。以前，再也没有比两人一起跨年更让他们喜欢的事了。就只有他们两个人，节目单也从来没有过任何变动。

首先他们会去一家米其林星级餐厅，而且每年都换一家新的试试。他们会点两道不同的菜式，最后却又从对方的盘子里挑东西来吃。接着，他们会手牵手沿着塞纳河散步，路上细数过去一年发生的种种事情。临近午夜时，他们就会朝特罗卡迪罗广场走去，到了之后，安娜会从包里拿出一枝槲寄生树枝。对面是闪着灯光的埃菲尔铁塔，当整个巴黎都在高喊"新年快乐"时，多米尼克会把槲寄生举到他们头上，两人紧紧相拥亲吻。这是她最喜欢的夜晚之一。四十年间，没有一年她不是和他一起庆祝新年的。她很想念他，想要他站在自己面前，手里拿着槲寄生树枝，额头因为发际线后退而显得光溜溜的，她愿意为这幅场景付出一切。

她也许还能再活二十年，如果少吃点肉的话可能还会再长一点。她不能把剩下的时间浪费在苦苦等待之中。她值得一个更好的人生结局，而不是被悔恨所笼罩。于是，她尝试利用好这个新年，学会过没有他的生活。学着一个人生活，有什么不好的呢？对于即将到来的一年，她的新年愿望就是认识自己，而且她确信，她们会和谐相处的。

"四、三、二……"

卡米耶第一次度过如此难忘的跨年晚会。一只手被玛丽牵着，另一只手被安娜握着，她不再像以前一样感到孤单。上一次跨年跟以往没什么差别，她躺在沙发上，手里拿本书，塞上隔音耳塞，这样就不会听到别人庆祝节日的声音了。她拒绝了父母的邀请，他们只会边看着电视里的帕特里克·塞巴斯蒂安[①]，边谈论埃弗利娜姨妈最近做出的出格事，一想到这些她就没什么兴趣了。她的朋友们每年都会被邀请去参加跨年派对，她却从不在邀请之列。当她还很胖的时候，她推掉了很多邀约，因为害怕不自在或者是碰见阿尔诺，以至于到后来所有人都以为她更喜欢一个人待着。最后连她自己也这么相信了。每逢年底，她都叫嚷着跨年晚宴无非餐厅为了挣钱才编出来的节目。对她而言，这晚和其他夜晚没有任何区别。即使这样，她还是希望能和别人一起庆祝这个不是节日的一晚。

新旧年份交替之际正是给生活做出少许调整的理想时刻。在那么多的愿望里，卡米耶最想要摆脱她身体里面那个局促不安的女孩。与此同时她还想摘下猫女的面具，从容地观察底下到底藏着一个怎样的自己。这趟航行应该能够帮到她。当她回去时，她应该可以相当自信地去和朱利安共进晚餐……有缘的话，还会有后续的发展。不过，首先，她还有

---

① 法国电视主持人。

一系列猎物要继续收集。

动荡之年结束了……接下来是重生之年。

"一……新年快乐！"

玛丽、安娜和卡米耶紧紧拥抱、彼此亲吻，相互祝愿新的一年会更好，然后就被人群给推着挤着，去和陌生人拥抱，和外国人贴面行礼，和从没见过的人一起开怀大笑。她们手碰着手、脸贴着脸地沉浸在唯有集体的庆典才能形成的热闹氛围当中。

从一位意大利老人热烈的拥抱里挣脱出来之后，玛丽发现跟前站着幸运星卢克，而且看起来很是眼熟。原来是那个灰头发的男人。两人同时愣了愣，然后便被气氛所感染，腼腆地互相抱了一下。

"祝您新年快乐！"玛丽微笑着轻快地对他说道。

"也祝您新年快乐，幸福美满。"

"还有爱啊！连续几小时的那种！"卡米耶突然从两人之间蹿出来，兴高采烈地高声说道。

安娜也过来会合了。

"再说了，野姑娘杰恩和幸运星卢克有一段故事呢，如果我没弄错的话。"

灰头发的男人收起笑容，离开她们转身去到另一群乘客当中。玛丽笑得根本停不下来。很明显，新的一年以意想不到的方式开始了。

而且她远远想象不到会有多么惊奇。

12

"朱利安给我打电话了。"

卡米耶为了盖住风声大声说道，这会儿她们正坐着小船前往潜水的地方。

"朱利安是谁？"玛丽问。

"我的同事，我觉得他被我给电到了。"

"你呢，你被他电到了吗？"安娜问。

"哇！你开始用年轻人的词讲话了！是啊，我爱死他了。这也就是我为什么宁愿躲开他，和一堆别的男人搞在一起，因为我想准备好了再去和他开始一段真正的故事。"

安娜摇摇头。

"这对我来说明显太复杂了……所以呢，他跟你说什么了？"

"嗯，什么也没说。他打电话来的时候，我正坐在马桶座上。我没接，不然他会听到咚咚声的。他给我留了一条语音信息，让我打回去。"

"他已经开始想你了。他肯定租了一架直升机，正打算飞来接你，向你表白他内心火热的爱情。"玛丽说。

"你可别再看那些冒粉红泡泡的言情电影了，那样对你不好！"卡米耶笑道，"我想他只是想跟我谈谈工作吧。等会儿船开回去的时候我再打给他。"

"很好。"

"等等，那个潜水教练的小屁股可真翘，你们不觉得吗？"

自从穿过北回归线来到热带以后，气温明显上升。经过几天航行，邮轮抵达了圣卢西亚岛，眼下玛丽只有一个心愿：那就是漂浮在绿松石般青绿色的海面上，行走在细腻的沙滩上，感受阳光照在身上，尽情享受她曾在电视屏幕上欣赏过无数次的天堂般的景色。其中一项游览活动包含了浮潜项目，这正好是她想要的。卡米耶马上就报名了，安娜比以往更加犹豫不决。不过潜水之后能够在沙滩上晒太阳，这一安排立马让她放弃了抵抗。

她一进到水里，就充分地体会到当下所经历的是怎样一种体验。身体处于失重状态，被加勒比海温暖的海水所包裹，四下寂静无声，与珊瑚群以及上百条五彩斑斓的鱼共处一个空间，她正遨游在自己最喜欢的其中一张 DVD 里。

与此同时，巴黎则在下着雪。如果她留在那儿，她现在肯定边打毛衣边在心里列好待会儿出门的购物清单，内容基本没什么变化：黄油、当季蔬菜、雪花牛肉（因为这种肉最嫩），还有卡门贝尔奶酪、专门买给丈夫的低脂酸奶、可可粉、电视节目单（并且是带有中等难度填词游戏的那一份）、气泡水、摆在客厅桌子上的鲜花、对抗鲁道夫呼噜声的静夜思牌耳塞、适合敏感牙龈的牙膏、以供消遣的小说或者 DVD，总而言之是一个不到五十岁的大妈的菜篮子。

然而她并不在巴黎。她在安的列斯群岛，正和一群异域的鱼一起游泳。每到一处中途停靠的地方，她都觉得从来没见过如此美丽的景色，从未有过如此强烈的感受。或许生命真的可以在四十岁重新开始。

卡米耶游到她身边，碰了碰她的手臂。玛丽抬起头来，摘下咬在嘴里的呼吸管。

"什么事？"

"看那边。"卡米耶说着指向几米开外的一个人头。

安娜摘下潜水镜，把它平放在水面上。这样她就不用把头浸到水里也能看见水下的景象了。另外两人朝她游过去。

"你还好吗？"玛丽笑着问她。

"哼……我刚看到一个很大的东西从我脚下经过，我基本确定那是一头大白鲨。"

"基本确定？"卡米耶重复道。

"对，差不多吧。嘿，你们快看，它又来了！"安娜指着水底一个影子尖叫道。

她们三人的目光一直追随着水下的影子，直到它在几米远处冒出了水面。

"不得不说，令人放心的是，"卡米耶说，"现在的大白鲨都戴上潜水镜和呼吸管啦！"

安娜咕哝了几句。玛丽笑得太夸张，以致呛了一大口水差点喘不过气来。安娜又反过来笑话她。教练吹响了口哨，浮潜到此结束。

回到船上时，玛丽裹着一条浴巾坐在了灰头发的男人旁边。

她还以为他这会儿穿着一条百慕大短裤①，背包里塞满了食物，胳膊底下夹着一本旅游指南，正在欣赏山巅的美景或者热带雨林，可他居然

① 一种齐膝紧身短裤。

选了跟她一样的项目，而且是又一次重合了。她还沉浸在刚才体验到的美妙气氛当中，情不自禁尝试和他搭话。

"真是太棒了！一起分享这些时刻真好啊，难道不是吗？"

"不是。"

这一次，他没有躲避她的视线。他的语气非常生硬，像是陪审团的裁决般不容置疑。上次的跨年晚宴将彼此之间的距离拉近后，她还觉得自己可能是误会他了。结果完全没有。这家伙就是个傻瓜，她再也不会去搭理他了。

13

幸好现在朱利安看不见她。卡米耶在手机里翻找他的手机号码时，连嘴唇都在颤抖。这天早上，她还在朋友面前装聪明来着，实际上她却万分希望他的电话和工作完全没有关系。

电话响了。

嘟了三声。

四声。

"喂？"

"你好朱利安，我是卡米耶。"

"啊！卡米耶，谢谢你打回来。等一下，我先回到办公室，这儿有人，防止他们偷听。"

卡米耶盘腿坐在床上，深深地吸了一口烟。待会儿她要是告诉安娜和玛丽说他向她表白了的话，她们俩肯定会高兴得歇斯底里的。他接下来肯定准备要告白了，不然为什么单独把自己关起来呢？

"OK，好了。"他过了一会儿继续说道。

"没关系，我听着呢。"

"卡米耶，这有点不大容易开口。我想跟你说这件事有好一阵子了，但我得等到自己对这件事情有足够的把握了才说。"

她的心跳得飞快。

"我懂的，不过你可以全部跟我说的，我准备好了。"

"很抱歉在你放假期间给你打电话，但我觉得这个问题得尽快解决。"

她的嘴唇顿时不再颤抖了，心跳也放缓了下来。

"这个问题？"

"卡米耶，我都知道了。"

"你都知道什么了？你在说什么呢？"

"关于蒂桑迪耶先生的事，你真是全部给搞砸了。"

"谁是蒂桑迪耶先生啊？"

"就是你的客户啊，三个月前你同意了他申请的一笔消费贷款。"

卡米耶当然知道这位蒂桑迪耶先生。这个五十来岁的客户过来签署借据的那一周，他专属的顾问刚好不在。那时她没有别的预约，就受理了他的业务。他需要两万欧元。她就帮他建立了档案，核对了文件，然后递交了许可申请书。

需要最后签字的那天，蒂桑迪耶先生打了一通电话给她。他说他刚刚因为阑尾炎而住院，并且马上就要动手术，所以来不了了。于是她提议推迟预约的时间，但他担心可能会拖得太晚，因为事出紧急，他便请求她代为签名。她拒绝了，他却继续坚持。她再次拒绝，说这根本不可能。他苦苦地哀求她，说自己的妻子病得很重，时日无多，这笔钱是想用来给她买一件珠宝饰品，让她戴着走的。卡米耶轻轻叹了口气。他哭了，然后她就让步了。

"他寄来一封挂号信，告诉我们说他不会按月还款，因为他并没有签名。"朱利安继续说下去。

"真是个神经病！"

"你才是犯神经了，卡米耶，你明明知道那是严令禁止的！你当时脑子里在想什么？"

"好了，别兜圈子了。是不是我被解雇了，你被抽到要打电话通知我。我说对了吧？"

他叹了口气。

"我至今还没跟任何人提起这件事，我只是想提前告诉你，我不得不把那封挂号信拿给米夏埃尔看。"

"行吧，所以我还是被辞退了。大家都心知肚明，我指我和你。"

"对不起，卡米耶，或许他会原谅你？"

"当然会啦。他不会直接把我给炒了，而是花上时间不停地说我是一个不可救药的人，你认为他会白白浪费这个把我赶出门的机会？好啦，谢谢你给我打电话，我有个晚会得去参加。"

卡米耶站起来，把手机扔到床上。她当时怎么会这么傻呢？她原本总是让人无可挑剔，谨遵规则行事，既不心慈也不手软。上司们唯一能抱怨的就是她说话的方式，和这个圈子里的人惯常装出的谨慎克制完全背道而驰。

可是那时，她却心软了。她被个人感情遮蔽了双眼，使自己没能预见到事情的发展。蒂桑迪耶先生让她想起了自己的父亲。她回想起父亲因为母亲的重病而花光了所有钱，他本来也能够乞求一个银行家代他签名，从而给她买到最后一份礼物的。

她把盥洗室的门拉上，洗把脸好让自己清醒清醒。也许在多次上当受骗之后，她将来会变成一个乖戾又疑神疑鬼的人，需要证据才肯交出自己的信任，可她现在是那种需要证据去收回自己的信任的人。她把头发扎进束发带里，重新抹上一点口红。女伴们正在门口等着她，过会儿再来自怨自艾吧。

"怎么样，你开心吗？"玛丽跺着脚急切地问道。

"唉，我觉得我应该丢了工作吧。"卡米耶回答说，顺便关上房间的门。

"怎么会这样？"

"我做了件蠢事，要受到处分……算啦，没什么大不了的，我宁愿想点别的事情。要不我们去喝一杯？"

她们三人朝着电梯的方向走远了。在她们身后，一个高大的二十来岁的金发男人靠在墙上，盯着自己的手机。他感到很满意，因为他终于得到想要的东西了：一张清晰的特写。

14

玛丽实在是无法忍受住在她隔壁房间的乘客，尽管她们之间连一句话都没有讲过。

那是一个三十多岁的意大利女人。她长得不是很高，金黄的短发紧贴脑勺梳到后头，一个让人不忍直视的鼻子，嘴唇紧紧抿着，仿佛她一直在吸着柠檬汁。她不是特别好看，却非得去强调自己的美貌。她喜欢紧紧吸引住别人的目光，讲话的声音简直震耳欲聋。

　　每天早晨，玛丽都有一套小小的仪式要完成。她刚一起床，就要咕咚咕咚灌下一杯热巧克力，然后套上一条短裤，戴上帽子以及太阳镜，接着坐在阳台的帆布躺椅上，身边没有书籍、音乐、毛衣，她透过镜片望向远方，让自己的各种想法随波逐流。这是一天里的特别时刻，她一个人，大脑还没完全清醒，因而不会被不愉快的想法所干扰。然而从好几天前开始，这项仪式就被那个意大利女人给完完全全地破坏掉了，而且每次都是按照同样的剧本进行。

　　而这一幕必定在玛丽坐下来几分钟后开始上演。如果她是个偏执狂，她肯定会认为对方是故意的。这个乘客以及她那刺耳的声音会突然从隔壁的阳台上冒出来，她很明显是在打电话，并且很明显气得不行。玛丽听不懂她在讲什么，但她讲得特别大声，大到受不了，更不用提她到处拖动椅子发出的噪声，别人会以为她要搬家了。问题是这还不够，令人奇怪的是，她自己竟然能够忍受这些噪声污染，但也有可能是她已经习惯了。这个女人应该意识不到自己的声音如此具有穿透力，所以只需要婉转地向她示意一下，一切就可以回归正常。

　　玛丽把马克杯放到地上，站起来倚靠在栏杆上探出身去，头伸到隔壁的阳台上。意大利女人裹在一件缎子睡袍里指手画脚，手机紧紧地贴着耳朵。她瞥见玛丽时吓了一大跳。

　　"不好意思，我不是故意要吓唬您的。很抱歉打断您，不过可以请您说话稍微小声一点吗？"

　　"您说什么？"意大利女人用夹杂着轻微口音的法语问道。

玛丽朝她礼貌地笑了笑。

"您说话可以小声一点吗？我……"

意大利女人粗暴地挂断了电话，抄着手说：

"为什么啊？"

"因为我想要安安静静地吃早餐，还有……"

"我也不喜欢别人到我的房间里来烦我！"

玛丽顿时哑口无言。她把头缩回去，回到房里坐到床上。的确，这艘邮轮上的人都有毛病，他们独自一人不是没有理由的。之前是灰头发的男人，现在是意大利女人……人际关系看来真是复杂，她过去却从来没有这方面的烦恼。她住在郊区的房子里，四周隔着围篱，能接触到的只有邮差（收挂号信）、英特尔超市的收银员、卖羊毛线的马里内特以及对门的邻居萨林太太。而说到底，和她联系最为密切的其实还是瑞秋和罗斯、布瑞·范迪坎，还有梅雷迪斯·格雷[1]等。和她们相处，可谓既简单又轻松。

她抓起毛衣针和一个毛线球。今天织什么好呢？织点不大容易的东西，这样好让脑子转起来，她需要冷静下来。她真想回到阳台上，向那个意大利女人提议说，不如用手机把自己的嘴巴给堵上。一顶圈圈针的帽子，就织这个吧。的确挺丑的，可是这个需要集中精力。再说了，已经没有人会去穿戴她织的东西了。

她第一次拿起毛衣针是在怀上双胞胎的时候，从此就再也没有停下来过。姐妹俩偶尔会接受几顶帽子或者围巾、一件二手市场淘来的外套，

---

① 皆为美剧主角。

然而在大部分时间里，她们都不想要这些东西。"太丢脸了。"但是编织衣物对她来说却是攸关性命的大事。一排又一排地把线连起来，看着衣服渐渐成形，最终创造出来，这些都令她大脑放空，内心得到平静。这是她的疗愈之法。于是，她每天都会打毛线。一旦毛衣太多了，她就会塞上满满一箱子，送给市里的福利院。

就在帽子快织完时，有人过来敲门。是阿尔诺德，登船时接待她的那个乘务员。

"早上好，德尚太太，您一切都好吗？"他说法语带点德语口音。

"很好，您呢？"

"我是过来送信的，我们昨天在格林纳达取了信件，这儿有您的一封信。"他边说边递过来一个信封。

玛丽皱了皱眉头。

"您确定是给我的吗？除了我的女儿，没有人知道我在这里啊……"

"可能就是她们寄来的。祝您今天过得愉快，德尚太太！"

玛丽关上门，目光落到信封上。上面的地址是手写的，并不是来自两个女儿。她对这个字迹烂熟于心，这是鲁道夫的字迹。

15

玛丽去游泳池和两个朋友碰头。她坐在边上，双腿浸在水里。安娜和卡米耶则泡在池里，手肘撑着边沿。

"我丈夫给我写信了。"她低声对她们说。

卡米耶突然从水里爬上来。

"真的？他跟你说什么了？"

"我还没打开信封呢，我不知道究竟要不要打开来看。反正我想来想去都觉得，这绝不会是什么好事。"

"为什么？"安娜问。

"嗯，有两种可能。一是他大发脾气，上来就威胁我骂我什么的，这会让我生气。二是他精神崩溃，这就会令我产生负罪感。不管是哪种情况，都会毁掉我的一天的。今天天气那么好，我可没打算要为此郁闷一整天。"

安娜游到梯子那儿，然后再走回来。

"也有可能他有重要的事想和你说，我不知道你怎么才能忍着不撕开信封的。如果是我的话，一定会急死的。"

玛丽在水中晃了晃双腿。

"因为我太了解他了，他为了找我肯定浪费了不少时间……所以必然不会是来讨喜的。而且我想，如果是急事的话，他应该会直接打电话给邮轮服务台的。"

"是啊，不过，如果你不打开的话，你心里就会一直想知道他都写了些什么，"卡米耶说，"这样也会把你的一天给搞砸啊。"

玛丽滑进泳池，一头扎进水里。卡米耶说的是对的：如果她不看的话，这封信就会一直缠着她。再说了，自从阿尔诺德把信给她之后，她确实就只想着这件事。

这大概就是鲁道夫给她寄信时所期望的事情。他仍然能够支配她，控制她的感受。

她把肺里全部的空气通过鼻子挤了出来，气泡飞快地上升到水面而后消失。透过池水，玛丽能模糊地看到安娜和卡米耶注视着她。

她朝池底用力一蹬，浮了上来。

"好吧，我把这封该死的信拆开来看看。"

16

玛丽的身子还没完全擦干，就直接在胸前绑条毛巾回到了房间。信就放在书桌上。她把一根手指伸进信封折叠的缝里把它给撕开。里面只有一张折着的白纸，她掏出来，然后坐到了沙发上。看看都写了些什么吧。

等你那点火气降下去以后，咱们得谈一谈。

在这之前有件事，我到处都找不到那个红色的档案袋，你往里面夹了我的预算单。尽快回复我，告诉我它在哪里。

用我的钱在船上好好享受吧。你回来的时候，不会觉得不习惯的：毕竟你又得拼命求我原谅你。

你让孩子们也很难受，这可不是一个母亲该做的事。

鲁道夫

玛丽反复看了好几遍，她从来没料想过会是这样。鲁道夫还没明白他们之间已经完了。他以为她在发火，一个女人发神经罢了，最后她还是会回去求他继续收留她的。她可以想象他跟那帮狐朋狗友吹牛，描述他将让她付出何等代价，粗俗地嘲笑她因为经期的影响而干出种种荒谬的事情来。他根本不会想到是自己被抛弃了。他不会被甩，更不会是被她甩。因此他根本没必要陪她玩，否则就太把这种任性的荒唐行径当回事了。

玛丽把纸翻过来，想在背后找到一两句附言，告诉她这封信只是开玩笑而已，然而什么都没有。他真的完全没搞清楚状况。

玛丽呆住了。自从她离开后，她就一直把他看作前夫。事情摆在那里：他们已经分开了。但是，为了在真正意义上分开，必须得让双方都明白。

她考虑了很久该用什么方式离开他。她知道如果不给他一记当头棒喝的话，他是不会把事情当真的。她还以为生日"惊喜"足够厉害了，但很明显，那还不够。

她戳在原地，从包里翻出一支笔来，然后在书桌旁坐下来，打开记事本写起了回信。

亲爱的鲁道夫：

红色的档案袋在原来的地方，也就是写字台第三个抽屉里。

看来，你理解错了我的意思：我这次是永远地离开你，并不是在闹别扭。当我回来时，我唯一拼命要做的事只有找到一份工作以及一所公寓而已。

就此停笔吧，我要去享受按摩浴缸了。至少，你不会说你的钱被白白浪费了。

玛丽

她再次读了一遍，想着要不要再加些什么，却又改变了主意，把笔搁下后就站了起来。现在，她可以去做别的事情了。总之，他是不会毁掉她的一天的。

17

玛丽突然惊醒过来。她迟到了。现在是凌晨五点，正好是她和安娜、卡米耶约好在 F 栈桥的咖啡馆见面的时间。那家咖啡馆装有可以欣赏全景的玻璃落地窗，他们可以慢慢品尝又甜又酥的面包，又不会错过任何一处美景。

邮轮离开大西洋，开始驶向太平洋。眼下，它正在船舶驾驶员的控制下横穿巴拿马运河。船闸比船身大不了多少，所以这一操作不能出现毫厘之差。对于"飞利奇塔"号，这可是头等大事，因此船上的工作人员以及乘客都不想错过。人们在栈桥上、平台上挤来挤去，眼里还带着睡意、映着天上的星星，只为了欣赏这个场景。

玛丽把头发扎起来，迅速穿上一条牛仔裤和一件毛衣就快步走出房间。灰头发的男人正好也在电梯门前等着。一想到要和他一起被关在里面，她就像吃了一口抱子甘蓝一样感到索然无味，但她已经迟到了，而且楼梯也不在附近。她只好一言不发地在他身边待着。他一眼也没有看过来，门一开就立马大步跨进玻璃笼子似的电梯里。

"您要去几楼？"

玛丽没有回答，直接按了 F 键。电梯狭小而又拥挤的空间总让她感到不自在，她从来都不知道该做何举动，眼睛该看哪里。低头看脚给人害羞的感觉，照镜子又太自恋，玩手机则显得在装清高，盯着对方看又不大礼貌。此外，电梯似乎传递着某种虚幻的概念，让不适更加雪上加霜。再说了，和一个自己不喜欢的人同行，怎么都会觉得不舒服。她目不转睛地注视着门厅，一秒一秒地数着，希望解放的时刻尽快到来，虽然不得不承认，灰头发的男人身上的味道还挺好闻的。

B 栈桥

他可真是太、太、太好闻了。

C 栈桥

她眼角的余光瞥到他在观察她。他想对她做什么？如果说，他是一个连环杀手，那她就要死在这里，夹在两层楼之间，没有人会知道。

D 栈桥

他清了清嗓子。她从来没注意到，他的嗓音原来很低沉，就像他身上的香味一样低调。

还剩几秒钟。

E 栈桥

"您讨厌我吗？"

她吓一跳。

"什么？"

"您讨厌我吗？"他重复道。

"……"

"我平时不是这样的……我有点不由自主。"

"说什么呢？您是脑子进水了还是怎么的？"

"我……"

F 栈桥

电梯门打开了，两个工作人员做出手势请玛丽和灰发男人先出来，然后他们才走进去。

她看着他，犹豫了一小会儿，然后一句话也没说就走开了。
这家伙还真是奇怪，即便他很好闻那又怎样。

18

意大利女人已经不仅仅是大声讲话了，她开始吼。

玛丽早晨的仪式从此多加了一个新步骤：那就是往耳朵里塞隔音耳塞。她绝不接受在阳台以外的地方吃早餐，尤其是不能现在就妥协认输。

自从邮轮开始在平静的太平洋海面航行以后，几乎每天早上都能观赏到由十来只海豚上演的芭蕾舞表演，玛丽每次看到都会喜不自胜。所有看到这一幕的乘客都很兴奋，而她更是有过之而无不及。

她的第一只海豚是父亲送给她的，那年她六岁。那是一个贴满了亮片的小玩偶，会随着时间变换颜色。她的收藏生涯由此开始。在那之后的许多年里，她在自己的儿童卧室里堆满了各式各样的海豚：海报、玻璃球、陶瓷、毛绒玩具、明信片、珠宝，还有书籍。每逢生日、圣诞节等各种节日，她的亲朋好友都知道要送什么给她——海豚。长大一点进入少女时期，她不再收集海豚，却开始在脸上收割青春痘。但她的热情从未消退。每次她在电影或纪录片里看见海豚，还是一样激动。所以，一想到今天将要在圣卢卡斯角体验到的一切，她仿佛又回到了八岁的年纪。

安娜这次不和她们一块去。当玛丽和卡米耶商量下船后的游览项目时，她很坚定地表明自己对此丝毫不感兴趣，而是更乐意到码头四周闲逛、休息一下。已经有好几天了，她突然像变了个人似的。以前，比起一个人待着，她更喜欢有别人陪在身边。但不久前，她却拒绝了所有的邀约。晚上，她说自己累得不想去餐厅吃饭；而在白天，她只有在散步或游泳时才会从房间里出来。为了不跟她们一起外出玩，她总能找到一个好借口。

因此当另外两人搭乘小船去往水上公园时，安娜便成了话题的中心。

"你觉得会是因为我们吗？"玛丽不解道。

"我不这样觉得，我们没干什么坏事啊！"卡米耶回答说。

"可能就是一时消沉吧。可这一点都不像她，居然想要一个人待着……"

"我们并不是真正了解她，不过这的确很奇怪，我真想知道是为什么。"

"问题是，我们不能逼她告诉我们，只能是我们自己去发掘了。"

"对啊。不过在那之前，我们先去和海豚一起游泳吧！"

进入水池需要两两组合。总共有三十多个人选择了这个项目，大家都是随机组队。结果到最后，两个完全没有交集的人组成了非常不搭的搭档：灰头发的男人和患癌症的意大利女人。玛丽暗自好笑，巧合这种东西真是不可思议，但她没时间细想了，她和卡米耶是第一组要下水的。

她整个人缩在厚重的潜水装备里，明明听不见墨西哥潜水教练的指令，却听懂了他的意思。一只身形庞大的海豚向她游了过来。

　　玛丽把接下来的每一秒都刻进了自己的大脑硬盘里。她把手放在海豚的嘴上，触摸它的鱼鳍。它可真是温柔啊，一动不动地任她抚摸，就好像它知道这很重要似的。在漫长的几分钟里，一切事情都显得毫无意义了，唯有此刻的圆满，是她从未想过的相遇。她觉得自己每天都比过去更加自由一点。教练帮她攀在海豚身上，她蜷缩着身子，紧紧地抱住动物，感到自己被牵引着，破浪向前游去。这简直比她小时候的梦境还要美妙，她多想每天都能像今天一样。

　　卡米耶大半个身子浸在水里，也十分享受这一时刻。她触碰那结实的肌肉，抚摸那光滑的皮肤，眼睛一眨也不眨，像个害羞的小女孩一般微笑。确实，潜水教练很对她的口味。

　　海豚让每个参加者都卸下了自己的心防。她们俩坐在台阶上，边晒太阳边观察这个现象。

　　游客们一个接着一个，每个人都仿佛回到了童年时候的自己。住在卡米耶房间对面的一个小个子金发女孩，平时害羞得都不敢直视别人，却在海豚朝她洒水时小声地欢呼。跟在卡米耶后面的一个大个子金发男孩却大叫着"妈妈妈妈"，双手在水里划拉着火速游走。意大利女人也不再粗暴行事，温柔地抚摸着海豚的脊背，甚至连灰头发的男人都满面春风。

　　回到邮轮上后，玛丽和卡米耶直接走去安娜的房间。她们迫不及待地想要和她分享一切。

玛丽想向她描述自己与最喜欢的动物的相遇。她会跟安娜讲起它那光滑的皮肤、会心的眼神、它的笑声以及抚摸它的触觉。她会说起当她把它抱在怀里的时候，内心充盈的幸福几乎满得都快溢出来了。她还会给对方看看那些她花钱买来的照片，甚至包括那张她头上好像挂了一个水母的照片。她最后还想谈到以前那个收集海豚的小女孩，当时所有如同回到了十岁的游客，以及灰发男人的微笑。

卡米耶则想给安娜讲述自己和昂里克的相遇，顺便展示一下新的手机壁纸。她会悄悄告诉另外两人，昂里克邀她单独参观海洋公园中心，并且她也答应了。她会描绘一下里面的水池、舞台后台、工作人员的办公室、他把她按倒在上面的会议桌、当他双手抱起她时的力气，还有他如何灵活地帮她脱掉潜水装备，遍布全身的亲吻，她的战栗以及欲望，紧贴着自己的强壮身躯，让她尖叫不已的来回动作。

而安娜应该会跟她们讲讲自己在码头四周散步的所见所得，寄出去的明信片，以及遇到的人们……

请勿打扰

安娜的房间的门把手上挂着这张告示牌，令她们猛地停住脚步。玛丽和卡米耶面面相觑，耸了耸肩不知所措。她肯定只是挂给别人看的，不会是指她们俩。她完全没有理由不想见她们。于是两人就敲了敲门，一次、两次、三次。

没有任何回应，她们只好带着满脑子的疑问离开了 523 号房间。而在门的另一边，安娜坐在床上，擦拭着眼泪。

Part 2

美利坚的空气仿佛让她们年轻了二十岁。她们跑啊、笑啊，畅想着未来。

19

　　每逢到了重要的场合，船上都会举办一场盛大的晚会。今晚，人们将会庆祝次日早晨抵达美国这一站。参加晚会的服装需要严格把关，然而行李箱里头的衣服却没有一件适合玛丽。

　　当天下午，她为了找到一条中意的裙子，逛遍了船上所有商店，最后总算给她找到了。她面朝镜子，拉上黑色紧身长裙的拉链。如果鲁道夫看到她这个样子的话，肯定会用一个字母"c"打头的词来形容她："臭婊子""丑婆娘""臭不要脸"，令他黯然失色的东西都是庸俗的。双脚再蹬上那双卡米耶借给她的金色薄底浅口高跟鞋，她自我感觉不能再好了。

　　卡米耶穿着一条贴身的黄色迷你短裙。她是在做手术前买的这条裙子，为了给自己加油鼓劲。在那之后的好几个月里，这条裙子都只能挂在衣柜的门把手上。卡米耶常常看着它，有时还会对它说话："再等等，我一定会把你穿出门的，我向你保证。"这是她第一次穿上它，尽管里面还是得先套上一件塑身衣，遮住难以恢复的皮肤褶皱，好让身材曲线更加平滑。她从来都不觉得自己够资格穿上它，为了给裙子增添光彩，她故意每走一步都夸张地扭动腰肢，至少这一步她做得到。

安娜则谢绝了宴会的邀请，对此她并没有给出任何解释。在过去的几天中，三人难得能碰面的时候，她也是含糊其词地说了几句话就立马消失了。她们为此商量了很久，感到忧心忡忡，却不知道该做些什么才能帮到安娜。

在接待室里，穿着吸烟装、鸡尾酒裙、戴着蝴蝶结或者扎着发髻的人围坐在圆桌边。玛丽和卡米耶与另外四人一起共用一张桌子：其中三个是女的，另外一个是男的。

安热莉克大概不到二十岁。玛丽经常能遇到她，因为她就住在对面的房间里。她大半张脸被长长的金色刘海给遮住，声音非常纤细，眼神飘忽不定。

当卡米耶问她上这艘邮轮的理由时，她的脸腾地红了起来，然后一边用叉子刮着桌布一边回答。她说自己刚从音乐学专业毕业，父母送给她这趟旅行当作奖励。

"这样的话，我就可以在开始工作前环游世界一趟，之后我就可以集中精力奋斗事业了。"

玛莲娜前不久刚刚吹灭了八十岁的生日蜡烛。为了庆祝生日，**她和丈夫准备一起去参加双人邮轮之旅，他却缺席了。**

"我的罗歇在预订的当天翘辫子了。"她耸耸肩解释道。

她当时就决定再也不出门了，从此告别旅行。一个人出门远游，这是不可能的，尤其还是一个女人。后来她的邻居给了她一张小广告单，上面宣传什么"一个人环游世界"邮轮之旅的种种好处，简直就是为她量身定做的。

"我的罗歇也会这么想的，我敢肯定。"

罗丝的年龄看不大出来。根据她的双手来判断的话，她不止六十几岁了。但根据她的脸蛋来判断的话，她又好像还没成年，脸上僵硬得无法流露任何表情。她仔细地观察同桌的客人，却很少说点什么。然而一开口不是诉苦就是抱怨：菜里没放够盐啦，桌子的档次不够高啦，红酒太冰啦，音乐太低俗啦。一言以蔽之，整艘邮轮都令她失望不已，而她本来还有所期待的。她尤其感到沮丧的是没有时间去深入参观每个国家，每次停靠都太走马观花了。游客们才参观了一座城市的几个角落，就吹嘘说自己已经游遍了整个国家。

"其实，这也就比旅游景点目录好一点罢了。"

桌上唯一的一位男士从年龄上来说可谓是处在人口金字塔顶端，乔治今年八十四岁了，身穿一套男士便礼服，头发向后梳着，翩翩的风度令人敬服。他的孩子们送他来参加这趟旅行，好让他在妻子过世后能够出去散散心。他安静地吃着东西，有人问他问题时就礼貌地回答几句，一直不停地看着手表，像是在等着晚餐结束，也像在等着自己的生命结束一样。

几首美国流行歌曲过后，交响乐团继续他们的演奏，与此同时舞蹈演员们在宴席间跳起舞来。他们带领乘客一起跳舞，有些乐意地接受了，有些则干巴巴地直接坐下来。还没等到别人伸手邀请，卡米耶就在同一桌客人的掌声中摇摆着加入了舞动的人群。玛丽在一旁只敢用脚打打节拍，因为她身体僵硬，伸直腿的时候手指根本碰不到脚趾，所以她还是尽量避免在这群如同橡皮筋一样灵活柔软的人面前班门弄斧吧。

灰头发的男人隔着几张桌子坐着，比起眼前的表演，他似乎对盘子里的食物更感兴趣。在他旁边的是那个意大利女人，她戴着一顶三重王冠头饰，不放过任何一个斜过身子在他耳边说话或者把手搭到对方手臂上的机会。跟她相处时，他并不会浑身带刺出口伤人，甚至连一句小小的脏话或者一时的冲动都没有。这可真是令人失望。

当卡米耶正和一个魁梧的舞者左摇右摆时，玛丽与同桌的人攀谈起来。

"那么，你们喜欢这趟邮轮之旅吗？"

"美妙极了。"玛莲娜热情地赞美道，"我以前和亲爱的罗歇一起坐过好几次邮轮，但我最喜欢的是这次。一是环游世界算是旧梦了，二来这艘邮轮真是特别豪华！"

罗丝撇了撇嘴，继续用餐巾擦拭玻璃杯。

"豪华，豪华，结论也下得太早了吧。毕竟还有很多东西有待改善的，首先就说说这个讨厌的空调吧，到处散播细菌，我喉咙都疼了快一个星期了。"

"我还蛮喜欢的。"安热莉克突然插话进来。

"您嘛，您还是个小娃娃呢。您唯一需要了解的，就是那个芭比娃娃船！"

"我也对旅程很满意，"玛丽打断了她，"我体验到了无与伦比的美妙时刻，我觉得没有什么可以再挑剔的了。"

"这肯定是个阴谋！说白了，你们是故意令我大吃一惊的吧！居然中意这么庸俗的东西……乔治，您看起来是个有品位的人，您总不会认为我哪里说得不对吧？"

男人慢条斯理地吃完了嘴里的食物，然后又喝了一口红酒。所有的目光都集中到了他身上。

"太太，"他放下杯子说，"确实，我至少有品位懂得去尊重他人的意见，而不是想方设法去嘲笑别人。"

罗丝的脸唰地白了，安热莉克赶紧捂住嘴省得笑出声来，玛丽咯咯地笑起来。乔治瞬间成了玛莲娜的偶像。

在晚餐剩下的时间里，她都无微不至地关照着他：确保他杯子里的酒随时都是满的，帮他收拾餐巾，向他提出一个又一个的问题，在他耳边讲悄悄话。这两位走过了漫长岁月的白发苍苍的老人令人莫名感动。玛丽忍不住一直观察他们，而且她有种强烈的感觉，那就是乔治的沉默在玛莲娜的举动下慢慢地让步了。

晚餐过后，两位八十多岁的老人同时决定离开餐桌，为了消化去散散步。他们和同桌的乘客逐个道别，缓慢地站起身，随后玛莲娜又俯下身去提起放在地上的手提包。玛丽马上侧过身子去帮她。

就在这时，她看到从对方的羊毛衫里突然垂下来一条项链。她立马就认出来了，那是一条同个款式的玉石项链，尽管她只在去往马赛的飞机上见过一次。当时坐在她身边的那人为了让自己安心，把它紧紧地握在手里。玛丽猛地站起来，朝卡米耶打了个手势让她跟随自己一道离开大厅。目的地是安娜的房间。

20

玛丽和卡米耶围着安娜坐在床上，听她解释自己的情况。在她们打鼓似的敲了五分钟门以后，安娜明白继续对她们撒谎是没用的了，于是便打开了门。她深吸了一口气，然后将她的事情从头说起。

她是一家网上商店的管理助理，平时在公司本部上班，和会计共用一间办公室。她很喜欢自己的工作，包括灵活的时间安排，还有同事们，但就是薪水有点令人捉襟见肘。在这方面，还好有多米尼克。他的收入让家里衣食无忧，但也只是刚好过了温饱线而已。不过也不是一直都是这样。他开葡萄酒出口公司的头几年，连自己的薪水都付不起，反而是靠她养家糊口。当情况反过来后，每个人还是理所当然地照旧把工资打到共同账户上。她对此太过习以为常，以至于根本想象不到情况会因为他们的分开而发生变化。她甚至不敢相信这次分开竟然是永远的……

她把羽绒被往自己身上拉了拉。

"我特别讨厌行政工作。可在办公室，没办法，我整天都得埋在废纸堆里。但在家里，我就一点也不想再听到这些话题。所以，你们可以认为我从来都不过问银行账单，我从来都不用操心这事……"

当她预订邮轮船票时，她没有意识到正在花出去的钱不是自己的。她拿出金卡，按下密码，就完事了。然而几天前，一个工作人员过来通知她说账单出了点问题。在航行途中，每次购物，乘客们只需要出示飞利奇塔卡就可以了。金额直接在银行卡上扣除，一周一次。这样的话，现金不会流通，乘客们就不会感觉到自己在花钱。科技真是神通广大，安娜就像在玩大富翁似的刷卡不心疼。

问题是，一夜之间，银行方面突然不再允许扣款了。她本应和银行联系去了解事由。在此期间，她不能在邮轮上进行任何消费。

但她没有给银行打电话。因为这样做无济于事，她已经知道是什么缘故了：肯定是多米尼克关闭了他们的共同账户。可能是他想要惩罚她，也可能是他再也不想看见两人的名字并列在一起，不管是什么原因，结果都摆在那儿：他把银行卡给冻结了。她之前还在抱怨他对自己的离去没有反应，现在好了，她终于等到对方的回应了。

卡米耶突然跳起来。

"白痴啊！"

安娜摇了摇头。

"不是的，他做得没错。我气的是自己，我当时怎么没想到呢？我从来都没想过花的钱已经不是自己的了，我可真是丢脸啊！"

"别担心，我们会找到解决方法的。"玛丽摸着对方的手臂安慰她道。

"正好，我就找到了一个办法。"

安娜回想起一天晚上在上层甲板遇到的那位老太太，她对自己的玉石项链一见钟情。她说这让她想起小时候戴过的一条项链。安娜清楚地知道这件珠宝的价值，它足够让她从容地结束邮轮之旅。玛莲娜马上接受了她提出的价格。这天晚上，她过来付了钱并且拿走了珠宝。现在只剩下和邮轮经理商量，协议用现金支付的问题了。

"可是把坠子给卖了，你不会伤心吗？"玛丽问。

"会啊，这是多米尼克最开始送给我的礼物之一，差不多等于是我的护身符了吧。可我没别的选择了。"

"我们本来可以顺利解决的，"卡米耶应道，"至少能保证吃饭没问题！"

安娜叹了口气。

"我知道，但我不敢跟你们说。这太难了……你们俩对我很重要，不过我们才刚认识，连一个月都不到啊！"

"这很正常，"玛丽回应说，"但是如果你需要帮助的话，我们会一直陪在你身边的。我们前阵子有多担心你，你知道吗？行啦，从现在开始一切都会好起来的！"

"说到底，最困难的不是钱的问题，而是意识到我们的故事真的结束了。我之前隐约有些担心，这不是没有道理的。我给他寄了四张明信片，对方却连一点回应的意思都没有。总之我会继续写的，反正我也没什么好失去的了，不过我明白，我一定要翻过人生的这一页。"

卡米耶重新坐下来。

"他不会懂得自己失去了什么。一个明明离悬崖还有一百米就吓晕过去的女人，这可不是满大街都能随便找到的。"

三个人同时笑了起来。

"好在还有你们，如果没有你们，这趟邮轮之旅会多令人伤心啊……"

安娜之所以选择了这个概念的邮轮，是因为想要学会一个人生活，但她明显天生不是这种人，她从来没试过独自生活。她和多米尼克搬到一起住时才二十三岁。在遇到他以前，她曾经离开家和一个善良的男孩在一起，但她并不爱他。她意识到这件事的契机是在表姐的婚礼上遇见了多米尼克，从此以后她唯一的愿望就是再也不离开他，而这也是她做了将近四十年的事情。没有哪个夜晚她不把冰冷的双脚贴在他的小腿肚上，没有哪个早晨他不在她的颈间打着呼噜，没有哪一天不抱怨他老是忘记关掉厕所的灯，没有哪次晚餐不在他的盘子里挑拣食物，没有哪一次决定会少了他的建议，没有哪个清晨会少了甜言蜜语。少了他，她就仿佛缺了胳膊少了腿，感觉自己无法前进。可能到最后她会找到另一副拐杖。这个想法固然令她胆战心惊，但也总比一个人孤独终老要好。

可问题是她还得有人喜欢才行。三十岁时，找个人代替他或许还容易点。安娜的鼻子如同希腊雕塑一样挺直，还长着两颗幸运门牙①，因此从来没觉得自己好看过。尽管如此，安娜还是一直注重打扮。她的浴室简直就像一间化妆店。她会隔三岔五地尝试新品，只要这件产品据说能让她的肌肤恢复到二十岁，身材变得跟莎朗·斯通一样。然而不幸的是，不管那些面霜多么昂贵，也无法阻止岁月的摧残。如今，除了丑陋，她觉得自己也老了。如果不是患有疑病症，她一定会找个整容医生做个拉皮手术。几年前，她试过在额头上打肉毒杆菌。结果：她觉得自己的大脑快要瘫痪了，最后跑到急诊室去求救，从此以后就再也不敢打了。

卡米耶猛地跳起来。

"对啦，走吧，我们一起去泡澡！"

"什么？现在是凌晨两点啊。"安娜抱怨道。

玛丽也跟着站起身来。

"卡米耶说得对，这趟旅途，是一段人生的插曲。我们不应该去想回去之后会怎么样，我们要好好享受当下才对！"

"而且，我们现在应该能稍微望见洛杉矶的灯光了，一定会超美的！"

---

① 在法国，上门牙之间有条宽牙缝的话会被称作"幸福门牙"或者"幸运门牙"，传说这样的人会既幸福又幸运。

安娜一把掀开羽绒被，露出了双腿以及身旁一只粉红色的毛绒玩具狗。她的脸顿时红了起来。

"我跟你们讲过我一个人睡不着的。我向你们介绍，这是毛毛。"

21

玛丽拧开淋浴头，等水热起来，这时安娜和卡米耶敲响了门。

"你还没准备好呀？"卡米耶挖苦她道。

"我刚在阳台上睡着了，我会赶快弄好的！"

前一天夜晚，她才睡了三小时。她双手捧着装了热可可的马克杯靠在躺椅上时，心想自己得撑着别睡着才行。她的确看到了轮船开进洛杉矶的河道入口，然后眼皮就再也撑不住了。

"我们能在这儿等你吗？"

"行，行。你们想喝咖啡的话就自己倒吧。"

安娜拿起了放在沙发上的毛衣。

"这是你织的吗？"

"是啊，我曾经跟你提过我会织毛衣，对吧？"

"说过，可是你没跟我们说你织得这么好啊！真是太好看了……"

"甚至连我都看上眼了，"卡米耶补充说，"虽然毛衣不是我的风格。但是这件，我倒很乐意穿上的。"

玛丽抬了抬眉毛。

"真的？"她问，"从来没有人这么跟我说过！"

"你没想过把它们卖出去吗？"安娜问。

"没有，我把它们都捐给了一家机构。居然有人会喜欢，我还挺吃惊的。织毛衣谁都会啊。"

"行啦，快去洗澡吧，"卡米耶打断她说，"你这么让热水白白流着，北极熊都得热死了，你会为此受到良心谴责的！"

玛丽、安娜以及卡米耶希望能按照自己的步调来参观洛杉矶，然而没有一项游览项目符合她们的要求，因此她们最后坐上一辆黄色出租车来观赏这座天使之城。罗德尼是她们一日游的司机，为了不让她们错过任何风景，便临时当起了导游。无比宽广的双向八车道高速公路差点吓瘫了安娜，她一路上叫着"天哪！天哪！"，玛丽对比弗利山庄优美的道路着迷不已，卡米耶望着俯瞰她们的高楼大厦，震惊得说不出话来。

到了好莱坞山脚下，罗德尼又摇身一变成了摄影师。他朝卡米耶使了个眼色，她便在安娜的头上比了个兔子耳朵的手势。在马里布，她们学着帕米拉·安德森在沙滩上放慢速度跑步，并且还互相录下了对方的搞怪模样。

她们还去星光大道寻找自己最喜欢的明星。当安娜被告知星光大道上没有属于克林特·伊斯特伍德的星星时，心脏病都差点犯了；玛丽永远也不会忘记罗宾·威廉姆斯的星星；卡米耶五体投地去亲吻约翰尼·德普的星星。

美利坚的空气仿佛让她们年轻了二十岁。她们跑啊、笑啊、畅想着未来。如果她们在街上偶遇对方，肯定都认不出彼此了。

位于好莱坞大道上的滚石餐厅是第一天最后一个景点。墙上到处挂有曾经属于大明星的各种物品，她们坐在这中间，尽情品尝美味的牛排。

"我已经很久没有体验过如此完美的一天了，"玛丽边咀嚼边一字一顿地说，"简直是心花怒放！"

"我永远也不会忘记这些经历，"安娜应和道，"真是太美妙了。"

"真的，简直棒极了。能认识你们真是太好了！"卡米耶说着突然站起来，"我先走开一分钟，我的膀胱快爆炸了。"

过了一会儿，玛丽和安娜呆呆地观看眼前这一幕典型的好莱坞场景。卡米耶从厕所出来后，就被一个陌生的男人给截住了，他的手还紧贴在她的皮裤上。看到她那副娇媚的样子，她们就知道她大概是找到了今天的猎物。当那个追求者转过身时，安娜扑哧一声笑了出来。

"话说，他长得可真像给这家餐厅拍广告的那个人。"

玛丽放下了叉子。

"见鬼了，那是乔治·克鲁尼。"

"不会吧？那是他？我觉得他以前更帅。"

"卡米耶正在吸引乔治·克鲁尼来勾搭她！快快，我得赶紧拍张照片，不然没人会相信的。"

卡米耶自己也不敢相信。她之前也曾想过往自己的征服名单上再添一个默默无闻的爱情剧男主角，但永远也想不到乔治·克鲁尼的头上去！没想到，他就在这儿，亲密无间地在她耳边窃窃私语，说的话令她不禁兴奋起来。他觉得她太美了，特别喜欢她的法国口音，而且希望能带她游览夜晚的洛杉矶。事先说明，周围并没有什么隐藏摄像机在拍他们。她不一会儿就乖乖听话了，毕竟没有人会推开乔治·克鲁尼。她笑着悄悄跟他说了几句话，然后左扭右扭地朝玛丽和安娜走过来。她们坐在椅子上惊讶得完全瘫软了。

"姑娘们，乔治提议说带我们参观洛杉矶，你们感兴趣吗？"

安娜清清喉咙，装出一副天真的笑容。

"我的确很想去，不过毛毛在等着我呢。"

"对我来说，和全球巨星一起坐在加长轿车里可一点意思都没有。你自己去吧，再给我们带回来一些劲爆的照片看看。"玛丽眨眨眼睛补充了一句。

卡米耶挎着乔治的手臂走远了，身后跟着两名贴身保镖。玛丽朝服务员做了个手势，点了第二瓶红酒。

"我先跟你说好：如果布拉德·皮特进来的话，那他就归我了。"

22

玛丽和安娜在环球影城的入口前面等着。前一天晚上卡米耶离开后，她们为了重拾力气，接连吃了巧克力冰激凌、奥利奥冰激凌，还有鲜奶油冰激凌，甜得差点患上糖尿病。随后她们又跑去夜总会的舞池里消耗这些糖分，周围都是些还处在青春期的学生演员，耳边是震耳欲聋的音乐，她们本想掉头就走的。结果最后等她们拖着沉重的脚步、顶着空荡荡的大脑回到房间时，都已经凌晨四点了。

一辆黑色的轿车停在了她们面前。卡米耶从里面走下来，嘴上挂着一个大大的微笑，然后朝她们俩飞奔过来。

"后来怎么了？"她们着急地问道。

卡米耶朝着开走的轿车挥了挥手。

"嗯，他还挺厉害的……在乔装方面。"

玛丽瞪大了双眼，安娜用一只手捂住了嘴。

她一开始在饭店就曾怀疑过。一个知名度如此之高的明星居然若无其事地出来吃晚餐，而且只带着两个保镖，这看起来很不现实。但那张对她微笑的面孔的的确确就是她经常在电视上看到的，没有一点不对头。再说了，她们就在洛杉矶，一切都是可能的。

她第二次起疑心是在他们上车的时候。一辆经典的黑色四门轿车，与她所想象的加长轿车或者是四驱座驾远远不符。

随着他关上公寓房门，脱掉漆皮皮鞋换上一双拖鞋时，他的面具也终于摘下来了。在这套位于洛杉矶都会区以南的三房公寓里，乔治变回了佩德罗。卡米耶差点想撒腿就跑，但佩德罗的表现既风趣又聪明，还特别像……同性恋。

"我们整晚都在幻想如何改造世界。他不久后应该会去波尔多，我们会再见面的。"

玛丽笑得眼泪都出来了，安娜也差不多快笑哭了。卡米耶拿出手机，给她们看一张照片。

"你们就尽管笑吧，笑话我吧。如果我再跟你们讲起他的哥们马特过来喝酒，你们就不会觉得有那么好笑了。他简直就是照着瑞恩·高斯林的模子刻出来的。不过，他就完全是个异性恋……"

玛丽坐在小火车里游览公园，连最细微处的风景都不肯错过。环球影院是她最为期待的景点之一，如今她正在参观平日里陪伴她的那些伙伴居住的地方。小火车进入紫藤巷时，她顿时变身为发烧友。

"噢！这是布瑞的花园！嘿！苏珊的房子！哈喽！丽奈特①的车！"

两个朋友笑着看向她。

"你看起来很喜欢这次参观。"卡米耶对她说。

"喜欢极了！只是没有一个专门给'爱情喜剧'的景点，我觉得挺可惜的。比起《大白鲨》的拍摄地，我还是更喜欢这一种。"

玛丽喜欢爱情喜剧胜过一切。那些如同棉花糖粘在牙齿上般黏糊的电影，有时会令人忍不住抽噎，观看时会幸福到不好意思，结束时会不由得浮起一抹微笑。她能沉浸在爱情喜剧里，从中吸取营养。

她视若珍宝地把自己最喜欢的 DVD 收藏在一个小匣子里，并把它叫作"棉花糖盒子"。每当她万念俱灰时，第一反应就是从中挑出一张，在接下来的两小时里，逃离自己的日常生活。《真爱至上》《泰坦尼克号》《廊桥遗梦》《恋恋笔记本》《燃情岁月》《风月俏佳人》《BJ 单身日记》《辣身舞》《心灵捕手》《诺丁山》《恋爱假期》《芳心终结者》，这些都是她抗抑郁的药，而且无任何副作用。

在环球影城里没有"爱情喜剧"主题的拍摄地，但这并不要紧。她起码靠近过迈克·德菲尔诺的房子，收到过一个来自史莱克的亲吻。这就足以弥补一切了。

23

这天傍晚，按摩浴缸房里的客人少得奇怪。玛丽头向后仰、双目紧

---

① 三人均是美剧《绝望主妇》的主角。

闭，正懒洋洋地浸在热腾腾的气泡中时，突然感觉有人在她一旁坐下。她慵懒地睁开双眼，发现灰头发的男人正注视着她，两人的脸只隔着几厘米，她吓得赶紧一下子站起来。

"我有一阵子想跟您说话来着，但您从来都不是一个人待着。"

"……"

"我想向您道歉。"

他讲话断断续续的，常常不知该如何措辞。他挺直背部坐着，双手放在膝盖上，看起来很紧张。

"您要知道，我并不是一直都这个样子的。"

"哪个样子？"玛丽问。

"不客气、粗鲁，您见过的那个样子。"

"哦，对，这个我知道。"

"其实我平时挺客气的。总之，我自己这样觉得。"

"啊。"

他把手握在一起，仿佛是为了给自己鼓劲。

"因为我选择这趟邮轮，是为了一个人待着，我不想和任何人有联系。"

玛丽冷笑一声。

"那您应该去山洞里，而不是坐上一艘载着一千多人的轮船。"

"我知道，这很傻，您大概觉得我是个疯子吧。"

"我承认，的确有一点点。"

他低下头去。

"我的妻子几个月前去世了，因为癌症，事情发生得非常突然。"

玛丽的心仿佛被猛击了一下。

"我……我很抱歉……"

"一开始，我还撑得住。可是，随着时间流逝，我越来越失去理智。我需要出门，待在那套满是回忆的房子里会把我给杀死的。"

"……"

"当我看到这艘专门为希望独处的人所打造的邮轮的广告时，心想这是个好主意。"

"我明白。"

"所以您第一次跟我搭话时，我就感觉自己的空间被侵犯了。"

"很正常。"

"这些就是我想跟您解释的事情，对我来说这很重要。"

"谢谢您，您这番话令我十分感动。"玛丽柔声应道。

灰头发的男人站起来，离开按摩浴缸，走出去之前又回过头来。

"对了，我叫洛伊克。"

"我叫玛丽。"

不一会儿，安娜和卡米耶就过来和她碰面了。

"你怎么了，玛丽？"安娜问，"你的眼睛在发光。"

"没什么，是氯水的关系。"

卡米耶笑得前仰后合。

"对，对，你的氯水该不会叫洛伊克吧？"

24

玛莲娜，就是那位买了玉石项链的老太太，不知道该找谁倾诉心事。然后她忽然想起那个讨人欢心的小玛丽，有次曾经在晚宴上帮助过她。于是在半小时前，她去到对方的房间里，和玛丽面对面坐着谈心。

"我还是没办法接受，"她边说边摇头，"我活到现在从来都没被赶出去过，居然等到八十多岁才来经历这种事情……"

"不可能的！"玛丽几乎咆哮起来，"他们不能这样做，这肯定是违法的！"

"不是，我们所做的事情才是违法的。那份大家都签了名的规定里明明写着：不准结伴，否则滚蛋。"

自从在那次晚会上相遇以后，玛莲娜和乔治就再也没有分开过。他们一起游览了洛杉矶，与此同时也发现了爱情能在任何年龄降临。

"我们对此一开始都很惊讶，"她悄悄说，"毕竟乔治无法节哀顺变，而我也以为再也找不到一个人能忍受我的脾气了。然而结果是，我们竟然已经深深地相爱了，进展也越来越顺利。到了我们这个年龄，没有什么时间可以浪费的了。"

"真是太美好了……我们绝对不能就这样放弃。再怎么说，您仍有表达感情的权利啊！"

这时玛莲娜忽然露出一个顽皮的微笑。

"嘘、嘘……问题是我们不只是做了这些。"

玛丽装作要把耳朵捂住的样子。

"我不是很想听这些细节。"

"得了，玛丽，你把我当成什么人了！我们就只是亲了个嘴而已，没别的了。我们一直很小心，以防别人看到，不过昨天晚上在上层甲板上，我们可能不太谨慎。也许有人无意中发现我们了。"

"您看见谁了吗？"

"没有，但我们听见迅速远离的脚步声。"

"所以呢？那人去打小报告了？"

"我只是猜测而已，也可能是船上装了摄像头拍到我们了，我不知道。我唯一知道的就是，今天早上，有人往我们两个的门缝底下塞了一张留言条。"

邮轮的经理把他们叫到了办公室。他们为自己辩护，保证今后会更加小心保密。乔治说话时声音都在颤抖。

可是经理对此无动于衷。规定就是规定。如果他睁一只眼闭一只眼，那么"一个人环游世界"邮轮的概念就没有任何意义了。

玛丽擦了擦双眼。

"我们到了旧金山就得下船，讨论的结果就是这样。"

"绝对不行，我们会找到解决办法的。"

玛丽属于遵守规则的那类人。她开车从不超速，从不在星期天开着割草机修剪草坪，永远把包装纸盒扔到黄色的垃圾筐①里，并且从不食用过了保质期的食品。她畏惧法律，也畏惧执行法律的人。但就目前的情况而言，她却坚信有个地方出了差错。这条规矩肯定是为了让一些潜在

---

① 根据法国的垃圾分类，一般会把可回收垃圾放入黄色的垃圾箱内。

的客户放心才制定的，省得他们以为邮轮就是一对对情侣的爱巢。所以说不准骚扰别的乘客或者成双结对地占着上层甲板的躺椅，这些都可以理解。但是两个老人之间的一个浅浅的亲吻竟然要被惩罚，这就有点过分了。经理绝对是一拍脑袋做出的决定，不会是另外的原因，所以很容易就能让他改变主意。

当玛丽、安娜和卡米耶走进办公室时，邮轮经理坐在写字台后面。他五十多岁了，看起来是个善解人意的好人。他的脸颊像是塞了核桃一样圆鼓鼓的，头顶秃了，眼神柔和，反正样子令人很有好感。他静静地听着她们三人解释，然后从面前的盒子里随手抓了一颗太妃糖塞进嘴里，长长地吸了一口气。

"规定，就是规定。我不能因为你们改变什么。"

安娜气得满脸通红。

"但您也不能在这么遥远的地方把两个老人赶下船，这太没良心了！"

"一切都计划好了，我想你们早就知道的。"他有浓重的英语口音，"我们会尽快安排他们乘上回法国的飞机，邮轮的条款里都写得清清楚楚，你们签名前应该读到过。"

"先生，"玛丽决定硬的不行来软的，"您肯定不会是如此冷漠的人。他们既不想损害您的名誉，也不想打扰别的乘客。他们只是以为周围没人，稍微亲了一下而已。"

"不幸的是，有一个人看见了他们，并且因此觉得非常不舒服。而这个人的感受尤其重要，因为她是编写旅游指南的作者。"

卡米耶突然鼓起了掌。

"瞧瞧！"她叫道，"多么高尚的情操啊。宁愿牺牲两个老头老太的爱情也不愿意丢掉自己的名声。看着吧，我会在网上好好地给您宣传宣传的。"

经理拿起第二颗糖。

"如果你们没有别的事要说的话，那我就继续工作去了，我得安排接下来的遣送工作。"

当她们和乔治以及玛莲娜在 F 栈桥上的咖啡馆见面时，三人都感到气恼不已。明天，他们的环球之旅就要在旧金山夭折了，但他们俩好像并没有那么不安。

"好吧，我们看不到悉尼、普吉岛和迪拜了，"玛莲娜边说边搅拌着咖啡里的糖，"我们也拍不了好看的相片挂到墙上。不过没关系，因为我们带了更为珍贵的东西回去。"

"没错，"乔治笃定地说，"在生命的尽头还能对将来的幸福抱有希望，这比整个世界都更有价值。"

25

大半夜时，玛丽突然听到有人在挠她的门。她迷迷糊糊地打开灯，套上一件长 T 恤便起身去开门。洛伊克一下子钻进房间并关上门，转过身来猛地将她抱紧。

"我很久之前就想这么做了。"他在她耳边喘息道。

他把她按到墙上，从嘴唇一路吻至她紧绷的脖颈。她的手指伸入他的头发，将对方的头扳向自己。他们的嘴唇触在一起，彼此的舌头缠绕舞动，她把手伸进他的 T 恤里面，将衣服一把给扯了下来。

当他的双手抓住她的双腿抬起来时，她能感受到指尖下他背上的肌肉在抽搐。她的双腿夹住他的胯部，腰下的每次撞击都令她忍不住呻吟起来。

他在她的颈间大喘着气，她挺起了胸。她想要他脱掉牛仔裤，立马、现在、赶快。他解开腰带，她把他的裤子从屁股上拽下来……

她突然从雾笛声中惊醒过来。邮轮在浓雾中进入了旧金山的港湾。

玛丽花了好几分钟才让呼吸平稳下来。她从床上爬起来，打开玻璃窗门。这不是她第一次梦见这么热烈的场景，但昨晚的梦境太过真实，以至于现在想起来还会起一身鸡皮疙瘩。

直到目前，玛丽的性生活可以总结为履行一月一次的夫妻义务。时间总是在周日晚上，电视新闻开始前的广告播放时段。她咬紧牙关，鲁道夫在她身上动着，无疑是在想着别的女人。她会用手指去满足自己的欲望，而他则给予她最低限度的接触。她从来没有去结交过别人。她应该对当下感到知足才对，满足于他的身体重重地压在自己上面，满足于他一成不变的来回动作，满足于他的喘息和强颜欢笑，这意味着他接下来就会去亲吻她的额头，接着站起身来，灰溜溜地夹着尾巴离开卧室。亲密的举动反而让他们之间的距离越来越远。

她从来都没有出过轨，她甚至连想都没想过。她有时也会做一些春梦，醒来时留下零零碎碎的片段。梦中的主角往往不是鲁道夫，偶尔会是连续剧的演员，大多时候是面容模糊、身份不明的男人。而这一夜，梦中的伴侣有一张脸，还有一个名字。

不管了，她很快就会忘记这些荒谬的画面。另外还得把酒给戒了才行。

旧金山就和 DVD 上看到的一模一样：这里的居民来自五湖四海，热情而又好客；城市的建筑风格和美国其他大都市里寻常的高楼大厦截然不同。

玛丽、安娜和卡米耶选择乘坐缆车去参观那些维多利亚风格的房屋，爬上倾斜的山路，越过一座座山丘，最后来到市中心的商铺。旧金山的风光引人入胜，这座城市果然名不虚传，难怪被誉为"每个人都喜爱的城市"。

傍晚时雾气消散了不少，她们终于能欣赏到传说中的金门大桥了。

安娜双手按着太阳穴。

"姑娘们，今晚我就不和你们在一块了。我头疼得很厉害，所以想去好好休息一下，这样的话明天就会有精神了。"

"你确定没事吗？"玛丽问，"你这次没对我们隐瞒什么事吧？"

"没事，别担心，"她笑着回答，"就是有点偏头痛，我需要静一静。反正我们会在这里待两天，我可以明天再多逛逛。"

"啊，糟了！我本来也计划把你们俩搁这儿的，"卡米耶说，"可是玛丽，我不想让你一个人待着。我听说这儿有家酒吧，里面聚集了整座城里最帅的男人。你跟我一起去吗？"

"不用，你自己去吧，我更想去找一家好的餐厅尝尝当地菜。"

"我们三个好久没有在晚上分开行动啦。我都开始想你们了！"

玛丽陪安娜回到船上，听她语重心长的嘱咐（"一个女孩子，夜里在一座陌生的城市晃荡，这可不大安全"），然后又把这些嘱咐转述给卡米耶听，接着便套了件上衣，换上一双更讲究的鞋子，最后去到邮轮的接待处。今天是阿尔诺德当班。

"晚上好，太太，有什么需要我帮忙的吗？"他带着万年不变的微笑问道。

"晚上好，阿尔诺德，您能给我推荐一家餐厅吗？我列了一张表，但我不知道该选哪个。"

"当然啦，您可以去……"

"据说加里·丹可的餐厅值得一去，"洛伊克的声音突然从她背后冒出来，"我正好要去，您有兴趣吗？"

阿尔诺德点点头："我也同意，它很出名。而且，一个女人晚上单独出门也令人不太放心。"

玛丽犹豫了几秒钟。

"OK，"她说，"我跟您一道去，但这只不过是为了让阿尔诺德放心。"

26

加里·丹可餐厅名扬海内外，世界各地的美食家都慕名而来。玛丽和洛伊克刚从出租车上下来，就意识到他们不可能进到里面吃晚餐：排队的人简直看不到头。于是两人一致决定改道去漫步者小酒馆吃汉堡包和炸薯条。

玛丽刚坐下来，就拿了一罐可乐。

"我快渴死了，我们一整天都没停下来过！"

洛伊克含笑看着她。他右脸颊有个小酒窝，她之前从来没注意到。

"你怎么知道这些地方的？你以前来过吗？"她问。

"没有。除了西班牙，我小时候在那里待过，另外还有伦敦，除此之外我就没离开过法国，不过我很喜欢品尝美食。"

"挺有意思的，我也从来没出去旅游过。嗯，所以，你为什么想环游世界？为什么选了这艘邮轮？"

"选择这艘邮轮，是因为我需要一个人独处。之所以环游世界，是因为我一直都想出去旅行，但我当时做不到。"

他的妻子诺文患有焦虑症。她害怕人群，害怕离开熟悉的世界，害怕她自己，甚至害怕害怕这种情绪本身。她只有在属于家庭的范围内才会稍微平静一点——他们的房子、居住的小区，出乎意料的是城市的其他地方也包括在内。但是坐火车就很难了，飞机更是想都别想。她千方百计地想要战胜自己的种种恐惧：自我暗示、瑜伽、精神分析治疗、催眠、针灸、吃药……然而恐惧比她还要有毅力，最后战胜了她。

既然她无法改变恐惧去适应生活，只能改变生活去适应恐惧了。他们所有的活动都在家附近的区域内进行，出了这个圈子，洛伊克就只能一个人去了。他并不觉得麻烦，也不认为这是自我牺牲，但在她去世后，他的第一个愿望就是去远方。远离带有她的味道的枕头，远离她放在门口的鞋子，远离她挑选的画，远离那些换了另一种眼神去看待他的亲人。

他试着坚持下去，就当是为了孩子。他们刚刚失去了自己的母亲，如果接着又被父亲抛弃的话，那就太残忍了。然而他的父母告诉他，真正残忍的是看着他一步步地陷入抑郁的深渊。于是，他把孩子交给自己的父母，从老板那里获得三个月远程工作的许可，便收拾行李上路了。

"我无数次都差点改变主意，但我觉得我做对了。"

玛丽没有碰自己的饭菜，而是静静地注视着他，他朝对方做了个鬼脸。

"对不起，讲这么多都让你听烦了。"

"当然不会啦，完全不会。"她摇头说。

"我平常不会这样去跟别人聊起我的生活，我也不知道我这是怎么了，非常抱歉。"

"别在意，放心吧！你的故事很吸引我，如果你让我听腻了的话，那我现在肯定已经吃完点心准备走人了。"

"行，那我就放心了。好吧，现在轮到你了，你来这儿是做什么呢？"

玛丽把自己的生活大致告诉了他。她的婚姻、孩子、疲惫、烦恼、决定等，一直讲到她在鲁道夫四十岁生日时所准备的"惊喜"。这一次，洛伊克认真地听着，然后捧腹大笑起来。

"我们的故事都可以拍部电影了，我一定会去看的！"

"坦白跟你说吧，其实我直到最后一刻都还在犹豫。之前一天也是，我以为自己没有勇气离开的。后来是他收到的一条短信，让我下定了决心……"

"你的女儿呢，她们是怎么想的？"

"其实，反而是她们让我睁开双眼去面对现实的。所以，她们十分支持我的决定。再说她们也长大了，不在家里住了。你的小孩呢，他们都多大了？"

"艾文十二岁，玛侬娜十五岁。他们总是活力满满，让我非常惊喜，我一直教导他们要努力追求自己的梦想。"

玛丽笑了。

"你说的话可真有高德曼的调调。"

"我不是故意这么说的，但是你这样讲我并不吃惊，毕竟我可是他的头号粉丝。"

"不会吧，这不可能。他的头号粉丝是我啊！"

洛伊克抬起下巴。

"他的唱片我一张都没有落下，这你就比不过我吧。"

玛丽把手伸进包里，拿出 MP3 放在洛伊克的眼皮底下。

"我把他的全部唱片一直存在身边。所以说，你认为呢? 谁才是头号粉丝?"

"OK，我认输。那我是二号粉丝咯。"

洛伊克边咬着汉堡包边嘟嘟囔囔地说话。汉堡包虽然有点凉了，风味却丝毫不减。融化的奶酪流淌着，洋葱特别松脆，松软的圆面包尤为美味。玛丽咬下一口脆薯条。

"这么说起来，你很热爱美食佳肴咯? "

"是啊，我甚至以此为生呢。我在《法兰西西部报》的美食栏目那里工作。"

"哇! 主要是干什么的? 发明菜谱吗? "

"很少，比起做菜，品尝美食我更在行。我会评价不同的餐厅，还会做些采访或者调查。老天爷，这些薯条真是好吃死了! "

"我也很少吃到这么好吃的。你的工作听起来很棒啊！"

"我也就不谦虚了，尤其是我还能坐在阳台上，面朝太平洋工作，感谢网络！"

玛丽突然打断他的话。

"噢！等等……你让我想到了一个点子！"

"你说。"他好奇地回应道。

洛伊克送玛丽回到她的房间。她几乎都忘了认识新的朋友是多么令人高兴的事情，而这趟邮轮之旅让她重温了一遍。安娜、卡米耶、洛伊克……她聆听了他们的故事，也向他们倾诉了自己的生活。纸上是空白的，谁也不知道对方是怎样的一个人，因此没有偏见，没有死板的印象，也不会去彼此试探。今晚，两个人聊了不知多久关于各自的生活，不遮遮掩掩也不带任何预判地沟通交流。虽然仅仅是会面而已，但是这次会面尤为美好。

她把飞利奇塔卡放在房门的感应处，转过身对着他。

"那我们明早八点在大堂碰面，可以吗？"

"就这么说定了！"

"非常感谢，你真是太好了。"

"别客气。今天晚上也谢谢你，我过得很愉快。"

"我也是，我……"

玛丽讲到一半就被人给打断了。她亲爱的邻居打开了门，一把抓住洛伊克的胳膊，看都不看她一眼。

"啊！洛伊克！我刚才好像听到了你的声音。你是过来找我的，对吧。过来，进来吧，别戳在走廊里头。"

他还没来得及发出一个声音，就被意大利女人拖进了她的房间。玛丽也关上自己的舱门，万万没想到一个如此有魅力的男士居然是这个泼妇的朋友。只是，惊讶之余她还有点儿生气。

27

八点零四分了。安娜在大堂中央原地打转。

"我很确定他不会来了。我不是很欣赏他，从来就没欣赏过他。他的真面目，就是他第一次在旅游大巴上展现的那个。"

卡米耶嘲笑了一声。

"当心啊，你别把所有男人都混为一谈。"

"他向我保证了，他会来的，"玛丽说，"好吧，起码我这么希望。总之，昨天他看起来还挺乐意的。"

"他来啦！"卡米耶指着电梯说道。

洛伊克来和她们碰头了。玛丽注意到，他穿的衣服和昨晚的一样。他不苟言笑地朝她们招了招手。卡米耶已经有点不耐烦了。

"行，我们走吧？过会儿我得去沙滩上眯一会儿才行，昨天夜里累死我了。"

邮轮经理坐在办公桌后面，面无表情地看着一队人走进来。他知道他们又来这里的原因，不由自主地抓起一颗太妃糖塞进嘴里。玛丽展现了一个最具有说服力的笑容，第一个发言。

"早上好，经理。抱歉再次打扰您的工作，不过我们还是希望再和您谈一谈关于两位老人被驱逐下船的事情。"

"很好，"他冷静地回道，"您还想跟我说些什么呢？"

"不知道您仔细看过我们的请求了吗？"

对方抒一抒看不见的胡子，猛地吸了一大口气。

"看了，我也考虑过了。对他们两位而言的确很伤感，但这毕竟关乎我们的声誉，所以我不打算改变主意。再说了，现在这两位乘客应该抵达机场了：飞机将在两小时后起飞。现在说什么都太晚了，讨论到此为止。"

玛丽朝洛伊克点头示意，他走近办公桌，并把一张纸放在了上面。

"我们也不想做到这个地步，可是您没给我们留退路。"

经理看了一眼上面写的东西，然后粗暴地把它揉成一团。

"这写的都是些什么玩意？"

洛伊克又把自己的新闻工作证递给他。

"如果您不撤回决定的话，这篇文章明天就会在《法兰西西部报》上发表。"

卡米耶大笑起来。

"什么名声啊，滚蛋吧！"

经理把嘴里的太妃糖吐到刚才那张纸上。

"这是诽谤。"

"只是陈述事实而已，"洛伊克镇定地回应，"我知道您为了这艘邮轮做了铺天盖地的宣传工作。如果一切都毁了的话，那就太可惜了。"

安娜把双手交叉在胸前。

"行啦，别那么固执啦。看得出来，您是位非常正直的人……"

他一下子站起来。

"出去！"

"您还是不想让步吗？"玛丽问。

"我会看看我能做什么。再说一遍，给我出去。"

还没等办公室的门关上，她们三人就不禁哈哈大笑起来。

"你真是制胜法宝啊！"卡米耶对洛伊克说，"那个经理差点吓得屁滚尿流。"

"非常感谢您。"安娜补充说。

"乔治和玛莲娜肯定会很开心的。谢谢你，洛伊克！"

"不客气，反正也没花我多长时间，"他低头应道，"我得出去了。祝你们今天玩得开心！"

他走向邮轮的出口，玛丽目送他离开。而安娜和卡米耶则看着目送他的玛丽，彼此相视一笑。

她们第二天继续参观旧金山，结束后心满意足地回到了邮轮上。

"我超——级——喜——欢！"玛丽说，"这座城市真的是太舒适了……"

"确实，方圆一公里内遍地都是帅哥！"卡米耶回应道，"哎！快看看那是谁！"

在大堂里，邮轮经理正和玛莲娜，还有乔治聊得兴起。他一脸夸张的笑容，点头如捣蒜。几个朋友等他走开后，才去和他们俩会合。

"噢，我多想再见见你们呀！"玛莲娜抱着她们激动地叫道，"谢谢，非常感谢大家！"

乔治也紧紧地握住她们的手。

"我不知道你们是怎么做到的，但总之奏效了，万分感谢！"

玛丽把事情的始末告诉他们，玛莲娜和乔治有点难以置信。

"你们威胁他了？"

"不得不啊，"卡米耶说，"那家伙本来不想松手的。"

玛莲娜笑了。

"他跟我们说的完全不一样！他借口说是船上的一个工作人员没有好好评估当时的情形……"

"假的，他非常执拗！"安娜表示反对，"幸好玛丽手里有一个记者……"

"玛丽还想把他拉到别的地方去呢。"卡米耶开玩笑说。

"那就烦请你们代我谢谢他了，"乔治说，"没有他的话，我们现在可能坐在回法国的飞机上了，他所做的事情真是了不起。"

玛丽微微笑着，的确是非常了不起。没想到在几天前，同一个人还令她气得不行……过去的生活如此平淡无奇，她都是怎么过来的？

28

轮船从马赛出发后已经在海上航行一个月了。为了庆祝这个日子，再加上临近夏威夷气温变得越来越宜人，邮轮将在上层甲板上举办一场舞会。工作人员挂上了小灯笼，摆好桌子，上面放着各种冷饮，为乐团准备的台子也已搭建完毕。今晚，乘客们将在星空下起舞。

　　玛丽把一条花裙子摊在床上后便去淋浴。还有两个月，她就要回归正常的生活，回到家里。不过说到底，"家"也就是个笼统的说法而已。她会先回到以前的住处收拾几件自己的行李，然后搬到酒店去住，直到找到一所公寓为止。

　　她需要一所属于自己的公寓。她会按自己喜欢的方式去装饰，要把家里弄得五光十色的，总之就是鲁道夫下令禁止的设计，因为这很"娘"。她什么时候想喝热可可、吃圆面包都可以，想洗碗的时候才洗碗。她是电视遥控器的唯一主人，可以上厕所不关门，还可以边听《她一个人生下了小孩》[1]边跳舞，和布里奇特[2]一起唱歌。她也能穿着老土的棉内裤横躺着睡觉。她的公寓按她的规矩来管理，她的生活由她自己来掌控。

　　她不会指望靠鲁道夫前几年打给她的钱过活。所以必须尽快找到一份工作，不管是做什么都好。自从她辍学后，唯一干过的职业就是家庭主妇，因此选择很少。不过，她在安排事情方面可谓天赋异禀，并且有着无尽的耐心，还是个擦厕所专家，这样说起来，前景也挺不错。

　　不管工作是什么，不管公寓有多大，也不管会有多少困难，她都不担心。再差也不会差过觉得自己跟个透明人似的，既没用，还被自己选的白头偕老的男人看不起。

　　安娜穿上一条长裙。这条裙子的剪裁堪称完美，上半身不会太紧，

---

① 让－雅克·高德曼的歌曲。
② 《BJ 单身日记》的女主角。

下半身不会太松。她还买了四条款式一样但颜色不同的裙子。在她家的衣柜里，塞满了一模一样的衣服，当然除了颜色以外。在她家……

还有两个月她就要回到空荡荡的家里了。到时很有可能连她的猫都宁愿待在邻居家里，也不想回去跟她共处一室。她会打开行李箱，把衣物收进柜子里，把希望扔进垃圾桶，然后继续原来的生活，不会有什么不同。她会像往常一样，听到录制的鸟叫声闹铃起床，洗澡，迅速穿上前一天晚上准备好的衣服，咕咚咕咚吞下一杯茶，在办公室里待上七小时，路上花掉一小时，在面包店前停下来，爬上三层楼梯回到家里，准备晚餐。虽然身份变了，但是日常生活还在原来的轨道上进行。

还剩下两个月可以自我欺骗，骗自己去相信一切还有可能，继续寄出明信片，等待一个回复。毕竟在以后剩余的生命中，她都不得不睁开双眼去面对现实。

卡米耶双脚套上坡跟凉鞋。居然已经过了一个月了……离开的时候，她还有一份工作，有一个正在追求的男人，一个清晰的未来：她不仅会在银行里功成名就，还会与朱利安修成正果。

然而自从那件事发生之后，什么都变得不确定了。当她回到家里，她会在信箱里找到一封挂号信，通知她接下来将要去壮大求职者的队伍了，另外她还要和朱利安说再见。

她没有表现出什么，但这对她的打击并不小。倒不是因为工作本身，毕竟她常常都在反问自己到底在忙些什么，在这样一间办公室，跟这样一群有钱却不知道拿来干什么的客户打交道，还得达成各种指标。她之所以选择金融专业，是为了讨父亲的欢心，可是，她自己真正喜欢的，是绘画。她当时如果去学艺术的话应该会很开心的，可能现在转行还不算太晚。所以令她懊恼的不是工作，而是朱利安。在六个月的假期里，她有足够的时间去幻想和他在一起的各种场景，却怎么也没想到他们的关系突然就这样断了。说到底，她为自己安排的环球恋爱之旅也许根本就不管用，因为再怎么看，她回去后他们在一起的可能性也太低了。

生活真是残酷。卡米耶本该继续拥抱男神，投入帅哥的怀抱，抚摸他们的腹部，触摸他们结实的手臂，可是这一切都不再有什么用了。不过中途放弃这个词在她的字典里并不存在。再说了，她还是很有奉献精神的。

于是，在她们跳了一晚上的舞、灌了不少酒之后，卡米耶挽着两个朋友的腰一起走回房间。

"妞儿们，我们来庆祝相识一个月吧！"

"真的……"安娜应道，"可能我这会儿有点过于激动了，但是我想告诉你们，我非常喜欢你们——不好意思——非常'稀罕'你们！"

"停、停，你都快把我给弄哭了，"玛丽说，"你们对我也十分重要。"

三人的笑声在走廊里回荡。当卡米耶走到自己的房间门前时，她的笑声戛然而止。她的指尖放在门上，慢慢地推开了门。

里面的东西没有被移动过的痕迹。然而她出门时明明锁上门了，她对此非常确定，因为她总是会检查一遍。所以只剩下一种答案：有人进过她的房间。

29

"我绝对要去参加这个游览项目！"安娜坚持道。

玛丽一脸不解地看着她。

"安娜，你意识到你整个人都会在水底下，被水包围着吗？"

"当然知道啦，这是一个潜水员的基本知识！火奴鲁鲁的海底景观非常出名，我可不想错过它。没事的，我相信。"

"好吧，那么，我们跟你一块去！"卡米耶最后下结论。

巴士几乎是空的，很可能大部分游客都更喜欢陆上的户外项目。第三排靠走廊的位置，洛伊克伸长双腿，专心致志地看着旅游指南，背包放在隔壁座位。正当安娜和卡米耶朝车尾的联排座椅走去时，玛丽在他前面停下，清了清嗓子。这个像熊一样孤僻的人依然反应迅速，他一脸不悦地抬起头来，看看究竟是谁打扰他。发现是她时，他的脸上马上勾勒出一个微笑，然后收起双腿，把背包抱在膝盖上。他们上一次见面还是在办公室里跟邮轮经理对峙的时候。

玛丽坐下来，开口和他搭话。

"怎么着，你也想当尼摩船长[①]试试看啊？"

"是啊！"他应了一句，就又继续沉浸在阅读当中，直到大巴抵达终点。

这家伙的行为举止可真奇怪。

---

① 法国作家儒勒·凡尔纳的小说《海底两万里》中的人物。

"亚特兰蒂斯"号是世界上最大的民用潜水艇。游客们坐在塑料椅子上，在下潜的过程中听导游讲解。

降到三十米的底部，潜艇平稳下来，然后开始沿着海底的沙地缓慢前行。舷窗外的景色非常震撼，五颜六色的鱼群和夏威夷的大海龟穿梭在珊瑚丛以及沉船的残骸中。

"真是让人叹为观止，"玛丽轻声说道，"我从来没见过这样令人内心平静的景象。"

"深有同感，"卡米耶轻轻应道，"我能在这儿待上好几小时……你觉得呢，安娜？"

"……"

"安娜？"

"安娜想知道她来这儿究竟干什么，"她缓缓地呼吸着，随后答道，"我在数着时间呢，还得等三千两百五十秒我们才能回到上面。"

三千两百五十秒后，防水门打开了，安娜一个箭步冲了出去。

"我再也不来了！我完全不明白之前怎么会相信自己喜欢这个破玩意。"

卡米耶笑起来。

"反正你完成了，而且你也没有吓得直接昏倒在地，你可以为自己感到骄傲啦！"

"就算这样，你还是觉得这一趟挺不错的吧？"玛丽问。

"对啊，我觉得出口很不错。"

在返回威基基海滩的船上,玛丽坐在洛伊克的正对面。他双目紧闭,面朝太阳。坐在他身边的那个法国导游却始终把目光紧紧锁在玛丽身上,令她十分不适。她已经很久没有被一个男人这样盯着看了。她移开视线望向远处,海滩正在逐渐靠近。一群身穿白色衣服的人正围在一对情侣以及鲜花拱门的四周。又是一场婚礼,她不禁摇了摇头。

小时候,她很想知道为什么大人们听到外面一队婚车按着喇叭经过时,总会发出"真可怜啊"的感叹,而她觉得这份吵闹的幸福挺好的。今天,她满怀悲伤地意识到,看见这对年轻的夫妇,她脑海里冒出来的第一个想法,就是"真可怜啊"。

长久以来,她对婚姻这一契约的稳固性深信不疑,从她为芭比和肯办婚礼的时候就开始了。十二岁时,她的父母离婚,这反倒增强了她对幸福婚姻的渴望。青少年时期,当她的朋友们在墙上贴满那些嗓音喑哑的歌星的海报时,她的墙上则全是各种从杂志上剪下来的婚纱的图片。她把自己的婚礼想象得跟动画片里的一样:一条公主裙,眼睛闪闪发光,单膝跪地求婚。

当她不小心怀孕时,鲁道夫跟她说结婚是个不错的选项,她只需要把手续办好就可以了。有一天他向她求了婚,而且还是在饭后吃甜点的时候说的。

即便如此,那天仍是美好的一天。她嫁给了自己爱的人,他娶了爱自己的人。婚礼上所有亲朋好友都到场了。她也成功完成让双方父母在一天内共处一室的壮举,没发生什么大的冲突。那天她穿着一条蓝色的孕妇高腰婚纱,头发里夹着面纱。年轻的夫妇发誓要永远在一起,直到死亡把他们分开。她试着坚持这一信念到最后,直到她发现自己迫不及待地等死。

对面的人现在终于不再盯着她了，真好。

在火奴鲁鲁，玛丽和安娜为了找到一张理想的明信片，走遍了大街小巷，而卡米耶则跑去暗地观察那些冲浪的小伙子。

在一家纪念品小商店里，安娜终于找到了她想要的那张明信片：在夕阳下，一对恋人一齐跳了起来。从商店出来时，她们恰好碰上了那个法国导游，他看起来似乎是在等她们俩。

他朝玛丽走近一步。

"玛丽，您叫玛丽对吧？"

"对的，是叫玛丽。"她支支吾吾地说。

他伸手摸摸自己的后脑勺。

"今晚您有兴趣和我一起吃晚饭吗？我没记错的话，你们的邮轮明天才离开港口。"

"谢谢您这么热情，不过我今晚和几个朋友约好了，再见。"她说完转身就走。

安娜一把拦住她。

"完全没有，我们什么安排都没有！她完全有空跟您一起共进晚餐。"

虽然小腿被踹了一脚，但安娜还是把法国导游和玛丽给安排到晚上见面，玛丽想推也推不掉。

"那个男孩那么好看，你有什么亏的呢？"当她们离开时，安娜正经地表示道。

"你明明知道我的生活里再也不需要任何男人了！我不管了，我要放他鸽子。"

"胡说八道，你会去的！往往是我们再也不想要爱情的时候，偏偏就会碰上爱情来临。再不济，这起码能让你改变主意，你会看到，不是所有人都像你的鲁道夫那么差劲。我很肯定你有一天会倒过来感激我的。"

玛丽叹口气。

"OK，我会去。但我提前告诉你：我过后再跟你算账。"

30

米夏埃尔把车停在邮轮附近。他走下来，绕了半圈，本想着帮玛丽打开车门，她却已经站到车外面了。在他身边少待一秒都是赚到了。

这一晚，夏威夷米饭汉堡远远要比坐在对面的人更吸引玛丽。

米夏埃尔两年前来到夏威夷，在此期间一直当导游。他离婚了，有一个十岁的儿子跟着母亲生活，父母在马赛当老师，弟弟跟一个开驾校、比自己还大的女人结了婚。他热爱所有滑行运动项目，还有足球，平时喜欢看科幻小说，吃法国面包，听碧昂丝的歌，尤其是当她穿着黑色的连体紧身高衩裤的时候，"嗯，她穿着那件连体裤显得身材超棒吧？"他还喜欢冰啤酒、软毛牙刷，讨厌苏打水、吸烟，除非是在晚上的聚会上抽一支，不喜欢太瘦的女孩子，当然太胖的也不行，"像碧昂丝，就刚刚好"，反感邻居总是把车停在他家的大门前，抵触女权主义者，害怕鲨鱼，他以前学的是语言专业，"我指的可是真的去学校上课，不是瞎吹牛皮追女孩子！"住在一所舒服的房子里，只可惜里头没装空调，刚收养了一只小狗，但他不知道要不要继续养下去，因为它到处乱撒尿，另外还买了一条裤子，结果才穿了一个星期就破了，习惯开窗睡觉。如果玛丽好奇的话，她大概还能了解他现在消化到哪一步了，但她借口说自己有点头疼，想回到房间里。

他的脸突然靠近过来，试图抱住她，玛丽灵活地躲开了。

"今晚谢谢您，米夏埃尔，晚安！"她边说边朝邮轮走去。

他猛地抓住她，双手用力把她揽入怀中，玛丽挣扎着推开他。

"来吧，回去之前让我亲一下嘛。"他坚持不松手。

"不行，我不想碰您，放开我！"她提高了声音。

他却把她抱得更紧了，她动都动不了。

"我要是真想的话，你就没别的选择了。"

他狠狠地把她推开，又绕了另外半圈回到车门前，把门拉开。

"你就庆幸我不喜欢你吧。骚货，滚！"

在电梯里，玛丽几乎快要支撑不住自己倒下去。她刚才很想骂他、咬他一口、朝他脸上吐痰，让他为自己滥用暴力而付出代价。结果什么行动都没有，她完全无动于衷似的，真是江山易改本性难移。

她看着镜子，觉得自己真是可怜。睫毛膏一直晕到脸颊上，鼻涕流个不停，下巴还在颤抖。她用袖子擦脸时，门突然打开了，洛伊克和那个意大利女人注视着她。她连忙低下头，假装在包里翻找什么东西，走出电梯。

"啊！正好，我刚想找您呢！"意大利女人大声说。

视线里冒出两双鞋子挡在她面前，玛丽抬起头来。

"玛丽，你还好吗？"洛伊克问。

“还好，没事。”玛丽干巴巴地回道，然后转向她的邻居，“您找我有什么事？”

意大利女人露出一副虚情假意的微笑。

“我想跟您解释解释那天早上我的过度反应，我被工作上的事情弄得精神有点紧张——那些个实习生真是让人受不了——然后您又吓了我一跳……”

“OK，没关系，还有什么别的事吗？”

“您懂的，也许我当时没穿衣服啦，或者正和一个男人在一起什么的啦，”她夸张地笑着继续说，“我不大习惯被人监视。”

“我没有监视您。”玛丽打断她说。

“怎么会没有呢，您在监视我。总之，在意大利，我们是这样认为的。反正，人人都会犯错嘛……”

玛丽正眼瞪着她。

“是您搞错了，我没有监视您，我非常礼貌地请求您能否小声一点点而已。不过，可能在你们意大利，大声打电话也没问题，根本不用在意邻居？”

“好啦，我们走吧。”洛伊克说着拉了拉意大利女人的手臂。

她不禁放声大笑。

“那就拉倒吧，我本来还打算接受您的道歉的。那么就明天早上见了！”

“行啊。明早见，莫妮卡·贝鲁奇①。”

---

① 意大利演员、模特。

31

邮轮将会在三天后停靠到下一座城市。乘客们得以趁着在海上航行的日子好好休息一番，放慢生活的节奏。为了使他们不被日常事务所束缚，所有事情都已安排妥当，包括洗衣、送餐、搞卫生，因此有很多时间可以无所事事。玛丽、安娜和卡米耶躺在露天泳池边的躺椅上，聊聊天、打个盹或者看看书什么的。

"我给多米尼克打电话了。"安娜漫不经心地翻过一页。

玛丽和卡米耶突然坐直了身体。

"真的？"

"嗯，昨天晚上，我崩溃了。"

"然后呢？快说呀！别吊着我们的胃口！"

"那个帮我看猫的邻居给我打电话了。虎吉很好，它慢慢地习惯她家的环境了。除了在门口的地毯上拉了几泡屎，其他时候它都表现得很好。"

卡米耶叹口气。

"不是说我们不关心，唉，不过能不能把'猫的消化'这一部分给缩短一点，集中讲讲主要部分？"

"好吧，"安娜继续说，"我的邻居一周帮我收一次信。在昨天收到的一沓信里，有一封是给多米尼克的。"

"理想的借口！"玛丽评论道。

"的确，即使我本来想忍住的……总而言之，当我拨通电话的时候，我觉得自己都快要吓死了，我从来都没抖成那样过……"

"我这会儿差不多也跟你一样，"玛丽打断她说，"得了，然后呢？"

"我没有隐藏自己的电话号码。这样就等于，我把选择权交给他，他可以不回答的。"

"接着？"

"接着他并没有接电话。"

"啊！该死。"卡米耶说。

"是啊，我给他留了一条语音信息，告诉他有他一封信，需要的话可以再给我打电话。"

"后来呢？"玛丽问。

"后来，他也没有打回来。"

卡米耶摸摸她的背安慰她。

"你还好吧？"

"没事，我只是需要翻过这一页，可这一页太沉重了，需要时间。好啦，我们去游泳吧？"

于是她们三人一起走去泳池，卡米耶又加了一句：

"你要看到积极的一面：你在讲故事时，特别擅长吊人胃口。你应该把简历寄给史蒂文·斯皮尔伯格。"

三人回到各自的房间后，一如既往地按照习惯去做接下来的事情。尽管在游泳池里泡了半天，又在躺椅上晒了半天，她们并不打算就此打破晚上的惯例。

玛丽脱掉鞋子，舒舒服服地坐进沙发里，手边放着一杯热可可。此刻，耳里是让-雅克·高德曼的音乐，眼前是敞开的玻璃窗门的风景，她拉出一根毛线起针，一边一行接一行地织毛衣，一边幻想着未来。

卡米耶坐到床上，打开手提电脑，把自己的一天记录在博客上，这是她出发当天开通的。她幽默风趣又不乏细节地叙述自己的恋爱征程，每天都吸引到越来越多的读者。根据数据统计，每天都有超过五万人在等待她这个无名氏更新的唠唠叨叨了。

安娜刚把东西放到床上，就立马朝搁在床头柜上的手机冲过去。她大吸一口气，然后摁下按键，等待信号灯闪烁起来，这样便意味着他曾经试图联系她。每一次，她都很失望。然而今晚，有一条语音留言等着她。

希望很快就破灭了，那并不是多米尼克的声音，但这个留言还是让她忍不住嘴角上扬。她摁下数字"2"以保存这条信息，接着把手机塞进口袋里，匆匆忙忙地离开了房间。

32

玛丽试图去理清从安娜嘴里蹦出来的那些前言不搭后语的句子。

"什么意思，'我的毛衣成了爆款'？"

"不好意思，我太激动了，都不知道自己在说什么了！"

那天早上，趁着玛丽去淋浴时，安娜偷偷地拍了几张毛衣的照片。为了不让对方希望落空，安娜之前什么都没跟她提起。

"可是你为什么要这样做呢？"

"因为我懂一点这行的东西，觉得挺有潜力的。我没有仔细去了解过，不过我工作的那家网上商店主要是卖些手工自制品。我们只提供那些质量上乘、风格独特的作品，而且的确也卖得非常好。一些首饰啦、装饰物品啦、衣服啦……算是潮流吧，不少人都钟爱这类物品。"

安娜把相片发给了她的老板，后者对此很是喜欢。最近很流行针织品，所有大品牌都出了各自的款式。于是，她做了一个调查。她把其中一张照片发到了商店的脸书网页上，底下马上冒出了十几条评论。人们都想知道在哪儿可以买到这件宝贝，这样的热情难得一见。

"你说的是真的吗？"玛丽问。

"千真万确，而且这还不是全部呢。不过剩下的内容，就由我老板直接跟你说吧。喏，拿着，你只需要打过去就行了。"她说着便把手机递过去。

玛丽还没来得及思考，电话就被拨通了。嘟嘟嘟响了三声后，一个沙哑的声音传过来。

"您好，我是玛丽。我在用安娜的手机给您打电话。"

"啊！玛丽，我一直等着您的电话。"

33

玛丽内心不禁有些惶恐不安。今天早上，没有任何的尖声惊叫前来打扰她的早餐时光。她目不转睛地望着玩泡泡的海豚，在心里回放与米里埃尔的对话，安娜的这位老板当时几乎激动得不能自已。

她对照片里的毛衣一见倾心，而且有十足的把握，这完全符合当下的潮流，另外质量看起来也属上乘。如果再加上一点点独特性，以及一个制作人的商标，这些手工编织品肯定能大卖。

她还让玛丽给她寄几件样品过去，并且想想如何使毛衣更加个性化。

如果双方没有异议，玛丽将在社交网站、推送资讯邮件以及商品目录等地方都有一个排名靠前的 VIP 广告窗口。而作为回报，米里埃尔将会从她通过商店卖出的商品里抽取一部分利润。

玛丽算了一下。她织毛衣很快，原材料也不是很贵，而她也大概了解市场上毛衣的价格……从中真的有可能获得一笔不错的收入。

能以爱好为生，她做梦都不曾想到。但首先，她要创造自己的风格。然而在这方面，她却并不太擅长。

当她和安娜、卡米耶一起在快餐店里吃午餐时，还一直在琢磨着这个问题。

排队时，卡米耶抬眼望了一下天空。

"见鬼了，他还在那儿。"

"谁？"玛丽问。

"米卢[①]。我再也受不了了，我得知道他跟着我究竟是为了什么。"

"米卢"是她给那个到处跟踪自己的金发大个子所起的绰号，就好像她是他的主人丁丁似的。无论她走去哪儿，在邮轮上或者是上岸游览，他都会跟在附近。

一开始，她把这当作偶然。但每当她转身看到他时，他都会马上转移视线。简直没有比这更加明目张胆的了。

这会儿，他就在几米远处，仔细研究挂在墙上的室内规章。玛丽和安娜大概知道一点他这样做的原因：卡米耶的美丽的确能够让人神魂颠

---

① 米卢是比利时漫画家埃尔热的作品《丁丁历险记》的主角身边的小狗。

倒，不过还是需要弄清楚这件事情。

"既然他到哪儿都跟着我，那我就去美容院做比基尼脱毛吧，大家肯定会笑死的，"卡米耶说，"再说我也的确需要，现在有点'杂草丛生'了。"

陷阱在一小时后布置完毕。她们三人装作漫不经心地在 E 栈桥上闲逛，"米卢"隔着一大段距离跟在她们后面。经过一个转角，她们钻进一个隐蔽的角落，等待他从面前经过。说时迟那时快，卡米耶一下跳上前去，一把抓住他的手臂把他按在墙上，令他动弹不得。

"你跟着我干什么？"

"轻点，"玛丽插嘴道，"这又不是一个杀人凶手。"

"不好意思，"他结结巴巴地问，"我不明白你们为什么这么做。"

卡米耶放开他，又马上后退一步。

"好几个星期前你就一直到处跟我了。你想对我干什么？"

金发大个子开始吓得下巴打战，安娜用手按住卡米耶的手臂。

"你吓到他了，瞧他多可怜，你看他根本不像是想对你做什么坏事。"

"好吧，"卡米耶的声音柔和了一些，"但我想知道他到底为什么跟着我。"

"可能只是因为他觉得你长得漂亮。"玛丽说。

"是的，就是这样，"年轻人垂下了双眼，低声咕哝道，"我觉得您非常漂亮，我喜欢看着您。"

卡米耶放松下来。

"好吧，这也挺可爱的，可是你不能再这样到处跟着我了，我受不了。我有种长期被监视的感觉，你明白吗？"

"明白了，我向您保证，再也不会跟踪您了，我也不想让您感到烦恼……"

"你几岁了？"安娜问。

"二十。"

"你应该去找个跟你同龄的女孩子，船上就有好几个。"她接着说道，"喏，玛丽，那个住在你正对门的金发小姑娘……她几岁来着？"

"安热莉克？"玛丽回道，"他们俩早就认识了，他们前阵子一起和海豚游泳来着。不过我得提醒你们，这趟邮轮是禁止情侣上来的，我们都知道会有什么后果。"

卡米耶耸了耸肩膀。

"当然，嗯，但如果能让我解放的话，我倒挺想当一下爱神丘比特把别人凑成一对的。"

"我可以走了吗？""米卢"问。

她们散开来，好让他出去。他吸吸鼻子，把 polo 衫弄平整后，便离开了栈桥。刚一离开对方的视线范围，他就马上拿出口袋里的手机拨出一个电话，把手机放到耳边时脸上堆满了笑意。

"喂，是我，你简直都不敢相信她刚刚对我做了什么。"

34

到了帕果帕果之后并没有安排游览活动，因为流感不请自来地登上了邮轮。安娜和卡米耶好不容易才提起一点力气拖沓着脚步去到玛丽的房间，顺便把药物，还有细菌分派给她。

三人躺在床上，羽绒被一直提到下巴，一大沓面巾纸放在触手可及之处，眼泪汪汪地盯着电视屏幕。几分钟前，玛丽从床头柜里拿出她的"棉花糖盒子"，其中《真爱至上》被一致选为最佳消遣伴侣。

"我不喜欢生病。"安娜吸一下鼻子说道。

卡米耶笑了。

"真的？我反而很喜欢，简直就是我的生活热情所在！"

"不会吧，但我是真的不喜欢这个样子。"安娜坚持自己的观点。

从她记事起，她就患有疑病症了。中学校医隔三岔五地接待她，然后花上好几小时去安抚她。不会，她不会这么快就像一台用旧了的机器那样油尽灯枯；对的，她按太阳穴时指尖能感觉到心跳，这是很正常的。这些疑虑并没有随着老去而有所减轻，反而加重了。每一天都离生命的终点更近一步。每一分钟，衰老都在进一步侵蚀着身体。她仔细地聆听身体的变化，随时发现最细微的不正常之处。她已经经受过十几次动脉瘤破裂、几次心脏病发、三次多发性硬化症、数不清的肿瘤以及病危时刻。她的手提包就是一个急救箱，医生的号码排在快速拨号的第一个。

当邮轮上的医生确诊不少乘客都得了流感时，她本应放下心来的：毕竟这没什么大不了。可她反倒去幻想一起登上头条的重大事故：《诊断错误：邮轮乘客死于难以忍受的痛苦》。

她从盒子里抽出一张新的面巾纸擤鼻涕。

"你们具体有些什么症状？"

"一会儿冷，一会儿热，浑身上下都疼，喉咙干，鼻子又塞。"玛丽回答道。

"哦，那大家都是一样的咯。好吧，我猜这应该真的是流感吧……"

"当然啦，这是流感！别担心，你还能再活一阵子呢！"

玛丽小时候很喜欢生病。因为她可以不用去上学了，另外，由于父母要去上班，所以奶奶会过来照顾她。她非常珍惜这些时刻，因为可以躺在沙发上，身上盖一床羽绒被，看一整天的动画片。

奶奶用长长的指甲轻轻地挠着她的小脑袋，随时听候吩咐给她准备热可可、可丽饼、蛋糕等，而且奶奶的手艺无人可取代。奶奶还会讲遥远王国的故事以及公主的童话，当小玛丽的眼睛缓缓闭上时，她就拿出毛衣针和毛线团，令人安心的清脆的叮叮声陪伴着午睡时光。后来奶奶去世了，童年也随之逝去，生病就变成了受苦。肠胃炎、孕期反应、流感、肺炎，然而什么都无法阻碍鲁道夫要在规定时间吃上晚饭。与之相反，当他患伤风时，他却把打理自己的工作交给妻子，即便是一些私密部位。因此，壮丁这个词又有了另一层含义。

卡米耶咳嗽几声。

"我们还是能去哪儿参观一下吧？外面的风景看起来真不错，错过就太可惜了……"

生病的感受，卡米耶非常了解，所以从不打算因此而萎靡不振。她的确敌不过它，可她也不会轻易举手投降。

疾病夺走了她的母亲。它栖息在曾经满怀爱意滋养过她的乳房，四处散布毒液，一度让母亲相信自己能打败它、自己战胜了它，潜伏了一阵子，然后又以更加猛烈的势头回来，予以致命一击。当母亲的身体慢慢变凉时，卡米耶仍紧握着她的手不放。疾病从此变成了她个人的回忆。

对于那些认为自己可以治愈疾病的医生，她都一概嗤之以鼻。她认为一切都是由疾病来决定的，在哪里、哪个人、什么时候、何种方式。她之所以愿意接受邮轮医生的治疗，纯粹是因为她想要赶快恢复，好继续踏上狩猎的征程。这是最好的摒除所有杂念的方式。

"对了，"安娜问，"关于毛衣的个性商标，你考虑过了吗？"

"嗯，但什么都想不出来。我想过在上面绣几个字母单词什么的，不过很多毛衣都是这样弄的。你们呢，有什么点子吗？"

卡米耶坐起来。

"如果是图案呢？大意就是说列一张图表，客户可以选择自己喜欢的那一个图案，把它织进毛衣里。"

"唔，根据客户的想法制作的个性化毛衣，这听起来挺不错的！"玛丽回应道，"可是得是哪种图案呢？"

"哦！这个就简单了，我们能弄一大堆玩意呢：动物啦、花儿啦、流行花纹啦……你觉得自己可以把这些图案用羊毛线织出来吗？"

玛丽也一并坐了起来。

"那当然。"

卡米耶站起身，摇摇晃晃地走到写字台前，拿起一本记事本和一支笔后又走回去缩进被子里，打起了草稿。

笔下的线条慢慢地变成了一只小猫、一颗爱心、一只猫头鹰、一撇小胡子、V 字形条纹、雪花图案，所有图形都带着与卡米耶自身相符的可爱风格。

"好啦，看吧，虽然有点随意，但我们可以画类似这样的东西，你觉得呢？"

"我太崇拜你了！"玛丽尖叫道，"要的就是你这种画风，这么明显的事情，我竟然没想起来。我马上就能想象出上面有一撇小胡子的毛线帽，或者是一件猫头鹰毛衣！卡米耶，你真是太棒了！"

安娜微笑着注视她们俩。

"我确定了……我觉得我会是第一个客户，我要预订一件背上织有翅膀的大衣，挺适合我的，不是吗？"

现在只剩下去说服米里埃尔了。她们三人又多待了一会儿，一起设想玛丽可以寄出去的毛衣样品，然后安娜和卡米耶便又拖着沉重的身子，哼哼唧唧地回到了各自的房间。

玛丽还是无法进入梦乡，她在床上辗转反侧，一会儿掀开被子，一会儿又盖上被子，咳嗽几下，擤擤鼻涕，按摩按摩太阳穴，试图清空大脑里的想法，却什么用都没有，脑海里充斥着太多的念头了。

到了后半夜，她起床去打开玻璃窗门。站在阳台上，空气以及海浪拍打船身的声音一下子便让她平静下来。满月和星星的光辉倒映在海面上，仿佛让人以为海底有一座城市亮起了灯。玛丽凭倚在栏杆上，欣赏着这一美景。她并没有听见有脚步声正朝着自己的房间走近。

她也没有看见从门缝底下塞进来的信封。

35

玛丽睡得很不安稳，快到正午才醒过来。这是她自从十几岁以来，第一次这么晚才起床。整个夜晚，发烧让她冒出了一身汗，也让脑子冒出了无数的想法。

个性化毛衣的方案令她跃跃欲试，她有一大堆想法，都想要立马实现。因此她抓住两次猛烈的咳嗽之间得以喘息的机会，起草好了一张图表，上面是准备寄给米里埃尔做试销的样品：一个猫头形状的遮耳毛线帽、胡子造型的围巾、独角兽图案的靠枕罩、一件猫头鹰毛衣、V 字形花纹的手套以及一条织有流星图案的儿童连衣裙。

因为流感，她还得在房间里待上好几天，但这样她便能加快速度织好，一到了下个停靠的港口就把东西寄出去。

其实昨天晚上让她睡不着的原因，是对两个女儿的牵挂。她本来以为一切会很容易的，她们都长大了，不再和她住在一起，她们给予她支持，甚至是鼓励她离开，不让她打电话过去。"老妈，接下来三个月我们都不想听到你的声音，你好好享——受——"她偶尔违反一下约定，时不时会给她们各自的公寓寄去一张明信片，上面写些最近的情况。这是她与她们之间的纽带。她已经努力克制住自己每晚给她们打电话的冲动，远离了她们的触摸和气味，所以不能要求她一直谨遵约定。她已经一个多月没有见到她们了，这在以前从来都没有发生过。她想知道她们过得好不好，怎么处理父母的分离，鲁道夫最近怎么样，莉莉是否记得密码，朱斯蒂娜是否从上一次心痛中恢复过来，她们是不是也很想她。自从她离开后，她就不再像以前一样总是过度自责。可是今天，她因为生病而变得脆弱，寻思着当时自己脑子里在想些什么东西，竟然去到离她的宝贝们那么远的地方。

她伸了一个长长的懒腰，试图驱逐所有这些念头。在阳台上喝上一杯美味的热可可应该能够让她重拾力气。双脚触到地面的同时，她看到了那个信封。她捡起来，立即打开来看。里面是一张折叠的白纸，蓝色的字句一行又一行地串联起来。

玛丽：

听到这首歌时，我想起了你。我猜这也许是你最喜爱的歌曲之一。愿你身体好些了。

除了冷漠

我愿意接受苦痛
即使恐惧也认同
我知道结果是什么
眼泪也无可奈何

我接受一切代价
欢乐之中的悲伤
拥抱泪水与怀疑啊
承担所有的噩梦

除了冷漠我都可以
不愿时间如死水
一成不变的日子

如水无色又无味

我将会经历折磨
留下灼心的伤口
只为了陪伴的甜蜜
以及耳语的气息

我目睹冰冷字句
也耳闻温暖话语
发誓不再理智清醒
而像傻瓜般任性

除了冷漠我都可以
除了时间如死水
一成不变的日子
如水无色又无味

我愿用十年等来回眸一见
离开城堡宫殿奔赴站台
舍弃安乐只是为了一次冒险
未来不确定才能够继续期待

用死气沉沉的岁月换一线生机

不顾一切去寻找疯狂的契机

手握车票踏上各种旅行

不管目的地只在意风景

抹去这些空白时间

生活就会光彩重现

所有那些虚伪灵魂

笑声如同哭的人

　　署名是洛伊克。

　　玛丽读着她早已熟记于心的歌词，这的确是她最喜爱的歌曲之一。曾经有好几年，她觉得每一句歌词简直就是自己写出来的，仿佛让-雅克·高德曼在观察她的日常生活，从中提取出她的感情、剖析她的想法，然后创作出这首歌。

　　这个洛伊克令她感到万分好奇。大部分时间里他都颇为疏远，而这会儿，仅仅通过几句话，他又让她知道他其实是了解她的。那天晚上在餐厅里，她把自己的生活大致叙述了一遍，而对方读懂了话中的深意。她跟他讲述的是事件，他却推断出了她的感情。自那以后，他就很少再跟她搭话了。他在打什么主意呢？这封信又是什么意思？他的态度时冷时热，甚至已经变得令人困惑。直到现在，只有她的父母和女儿才会去关心她的所思所想，她不习惯陌生人对自己如此关注。这固然很让人开心，但是，当同样的人一分钟后又变得像一堵墙似的沉默，就反而令人感到郁闷了。要么就是他患有精神分裂，要么就是他在耍她。

无论是哪种情况，都不必浪费时间在他身上。她已经决定了，不会去回复他的信件。然而重读一遍也没什么损失。于是，她把感冒药吞下去之后，拿着信一路回到被窝里，嘴角微微地翘起来。

Part 3

一种幸福的感觉油然而生。她侧过头去看着洛伊克，而他也在注视着她。

36

"还是摇晃得很厉害，我不确定这是不是百分百安全。"

安娜坐在独木舟里，心一直悬着。卡米耶忍不住哈哈大笑起来。

"别担心，我带了糖过来。如果我们翻船了，我会负责把鳄鱼引开的。"

"我觉得一点都不好笑。"

"卡米耶，别笑话她了，"玛丽插话进来，"你明明知道鳄鱼不吃糖的。我嘛，我反正带了银行卡，我相信它们很容易被收买的。"

"是啊，你们就尽管笑吧！如果我们真掉进水里了，你们可就不会像现在这样耍小聪明了。"

在她们四周的热带雨林仿佛是纳武阿河的迎宾列队。一个身穿植物编织的衣服的原住民在她们后面掌控着独木舟的方向。她们三人抵达苏瓦时，身体还没有完全康复，但不管怎么样，她们都不想错过这个游玩项目。沿途的景观也令她们赞叹不已，有时树林前面紧接着便是悬崖峭壁，眼前突然出现一道瀑布，周围是五颜六色的飞鸟，完全是与之前截然不同的风景。

伴随着当地传统的歌声，她们来到了斐济的村庄。欢迎仪式热情而有序，当地人的打扮混搭了草裙和现代服饰，他们已经习惯于接待游客，并且也很乐意做这件事。游客们先是跟着导游一起参观村庄，随后坐在村民当中，一起享用一顿美味多汁的水果自助餐。

之前的所有参观项目都仅限于景点本身。而这一次，他们还接触到了一个民族和一种文化。多亏一个美国的翻译，他们得以和当地人交流，互相观察甚至彼此接触。时间一晃眼就过去了，几乎没有人意识到。

孩子们特别讨人喜欢。一个两三岁的小男孩蜷缩在玛丽的怀里睡着了。一个十岁的小女孩对卡米耶的手链特别着迷。临近傍晚，村里的孩子们为他们表演了传统的舞蹈作为告别。看着这些小小个子的人费劲地想要给游客留下一个深刻的印象，不由得莫名感动。其中一人还抓起安娜的手邀请她一起跳舞。她起初有点抗拒，但几秒过后，便尝试着去模仿他们的动作，引来村民一阵哄笑。离别时，卡米耶把手链送给了那个小女孩，对方顿时泪如雨下。

在回程的独木舟上，她们三人都缄默不语。

小时候，安娜曾说过自己想要生五个小孩。虽然每次都让大人们笑个不停，但她是认真的。一个人多热闹的家庭，和当时自己的家完全相反，这就是她所期望的。兄弟姐妹们交换彼此的玩具，偶尔互相拉扯头发，分享秘密和回忆，为爸爸妈妈表演跳舞，在电视机前窝成一团睡在一起，有时还会去偷对方的糖果吃。她已经选好了他们的名字，甚至想好了他们的长相。

后来她遇见了多米尼克，便把那些下午茶、毛绒玩偶和棒棒糖全部都抛在脑后了，因为有他就足够了。他们的家就是一张只容得下两个人的饭桌，她对此从来都不曾后悔过。她把对孩子的爱赠予到了同事的子女身上。安娜阿姨每年圣诞、每次生日都会好好地宠爱他们一番，而他们也尽力报答她：她的冰箱上贴满了他们的绘画。

卡米耶不想要小孩子。这些小家伙总是大声叫嚷、乱拉乱尿，随随便便毁掉一个本该好好睡懒觉的周日早晨，因而在她眼里几乎没有任何的吸引力。至于别人家的小孩，她也顶多能容忍几分钟而已。而有一个自己的小孩，并且是一辈子都属于自己，那就免了，谢谢。她连一株活的植物都照顾不好，更不用说一个婴儿了……或者她应该直接生一个已经长大了的孩子，已经会一个人吃饭、穿衣服，还得会把洗碗机里的碗碟拿出来摆放整齐。

此外她还得戒烟戒酒，尤其得戒掉说脏话，然而她还没准备好要做出如此大的牺牲。她自己才刚开始玩洋娃娃呢，也没打算和别人一起玩，她还得再玩上好一阵子才够。值得庆幸的是，目前也没有合适的爸爸出现。

玛丽是意外怀孕的。生小孩的确是她规划的一部分，但并不是那么快，她还没准备好。直到她感觉到她们在肚皮底下动来动去那一刻。双胞胎从一出生起就手牵着手，玛丽当时顿时就感受到了别的妈妈嘴里所说的母爱。它来势凶猛，甚至令人承受不住。这样的事情从未在她身上发生过。

而当另一个小宝宝在验孕棒画上两道红杠杠宣告他的来临时，她立刻就爱上他了。她给他布置好了房间，买了一大堆婴儿连衣裤，然后用低致敏性的洗衣液给洗干净，用彩色笔把他的名字写在属于他的房间门上，想象他们的第一次相遇。他叫于勒，他的鼻子和嘴巴像爸爸，他长得很好看，但他一出生就死去了。她生命的一部分也随他而去。鲁道夫总说要节哀顺变，毕竟他并没有真正存在过，对吧。她表面上听话地接受了，然而没有哪一天她不去想自己的儿子，到今天他应该长成十几岁的少年了。

从这趟超越了时间的远足之旅回到流光溢彩的邮轮上，让人有种恍如隔世之感。当三人走向电梯时，阿尔诺德忽然走上前来，目光停在玛丽身上。

"晚上好，德尚太太，又有人给您寄来一封信。"

玛丽接过他递给自己的信封。鲁道夫断断续续的字迹印在白色的纸上，上面是一张贴反了的邮票。

"你还好吗？"安娜问。

"没事，我等会儿再看。"

她把信塞进包里，有种不祥的预感，觉得信里说的绝对不是什么好事。

37

这一回，玛丽没有过多考虑。房间门刚一关上，她就撕开了信封，不能浪费一点时间。读鲁道夫的信，就跟脱毛一个道理：长痛不如短痛，一下子撕掉最好。

亲爱的：

自从你离开以后，我就开始闷闷不乐。我简直一筹莫展，整天在想我是如何走到这一步的，为此伤心流泪。我整整瘦了十斤，什么东西都吃不进去。因为日渐消瘦，还吓坏了周围所有人。可是我并不应该被这样对待，我明明一直对你很好的。我意识到自己需要你，我不想要过没有你的生活。你必须得回来，我是你的丈夫，你的女儿的父亲。我再也忍受不了房子里的寂静，你至少应该给我留一次机会。

我迫不及待地等待你的归来。

你的鲁道夫

玛丽第一次读完时，感到震惊不已。她所认识的那个鲁道夫不可能写出这样的文字。也许，有人拿武器威胁他，或者是他自己嗑了药，甚至是两者兼有，否则他根本不会放下自尊去求妻子回来的。

第二次读时，玛丽觉得自己仿佛被罪恶感所占据。他看起来那么悲惨，她并没有想过给他造成如此大的痛苦。这不是她的目的，她从来不曾这样期望过。她只是想要拯救自我，而不是把他给毁了。或许她本该更耐心一点的，至少尝试多去讨论。

再读第三次时，谜底揭开了。这封信的确是鲁道夫写的：信里他只讲到他自己的情况，闷闷不乐的是他，需要她的人是他，不应该被这样对待的还是他，却一点都没有对她的关心。他只是意识到自己的玩具坏了，而且自己不会修而已。她离开时，还笃定地以为他会松一口气。至少轮不到他离开，他也无须再去忍受这种不满意的生活。但显而易见，她并没有那么令他讨厌。

玛丽把信揉成一团，扔进垃圾桶里，然后打开玻璃窗门。海风无疑能缓解她的恶心。

深吸了几口气后，海风中的碘就起作用了，这几乎快成了她的毒药。住在海边的想法慢慢地在脑海里成形，她再也没必要一直住在巴黎郊区了。

她在脑海里勾勒出未来的住处：房子伫立在悬崖边上，她坐在按摩沙发上能欣赏到日落，花园里种了一棵金合欢树。

突然，从隔壁的阳台上传来声响。意大利女人在和一个男人激烈地讨论着什么。而这个男人，正是洛伊克。夜已经很深了，他却还待在一个女人的房间里，当然不会是为了一起玩橡皮泥。这个布列塔尼人把自己的算盘藏得很深嘛。好样的，哀怨的鳏夫戏码让女人们怜悯同情，妙极了。他会往另一个人的门缝底下塞哪首歌呢？《让我唱吧》？还是《我爱你》①？要不是她当下备感失望，她应该能笑出声来的。但今天已经发生太多事情了。

————————————

① 两首都是意大利歌曲。

她又回到屋里，把玻璃窗门关上，拉下窗帘，躺到床上，往耳朵里塞入让－雅克·高德曼的歌曲，泪水便夺眶而出。

38

邮轮开到了地球上法国的对跖点，乘客们目前离家的距离是八万公里。

这天晚上，为了庆祝这件事情，她们三人又齐聚到了玛丽的阳台上。正当她们准备打开第二瓶香槟酒时，卡米耶的手机响了。她看一眼屏幕，一口喝干了杯里的酒，然后走回到屋里去，另外两人忍不住侧耳偷听。

"OK。不是。没关系。那就算了。还是得谢谢你。行，没问题。这不是你的错。OK。我懂，但你还是可以跟他说那就是个神经病。是啊。没有。再见。"

"是朱利安。"她回来时说道。

玛丽把杯子重新倒上酒递给她。

"没什么事吧？"

"我被炒了。我之前就猜到了：我搞砸了一项工作，于是老板就趁机把我赶走。如果是我的话，我也会这么做的。"

"那你现在准备做什么呢？"安娜问。

"当然是找一个新西兰帅哥啦，这还用问吗！"

安娜咯咯笑起来。

"我不是指这个，不过，说真的，"玛丽接话道，"你有什么备选方案吗？"

"我不知道，我可能会转行到绘画方面。但首先，我得找一个新西兰帅哥。"

玛丽抽走卡米耶手中的烟，然后深深地吸了一口。

"你说得对，"她说，"我在哪儿看到说他们那个特别大，也有可能说的是新喀里多尼亚人，我不大记得了。"

安娜和卡米耶吓了一跳，瞪大眼睛盯着玛丽。

"干吗？别装腔作势了，你们这群风流娘们。"

三人顿时放声大笑，好几分钟才消停下来。安娜按着自己的肋骨，玛丽擦擦眼泪，卡米耶几乎快喘不过气来。

"好啦，"玛丽站起来接着说，"我倒有个主意。既然我们来到了世界的另一头，我们总归得干点什么作为庆祝。"

她起身走去屋里，拿起写字台上的记事本和一支笔，随后又回到阳台重新坐下。

"我们每个人都列一张单子，上面写下那些我们留在法国，但已不再牵挂的事物。然后，我们把这张单子给烧了。这样当我们回去的时候，这些事物就不再存在了。咻，一去不复返。"

"啊，听起来还是挺不错的嘛……"卡米耶说，"酒精的作用可真厉害。"

"我觉得这个主意太棒了！"安娜欢呼道，"我能把人也写进去吗？"

她们三人轮流写下各自的列表，玛丽第一个全情投入地写起来。

玛丽从此告别的东西

· 鲁道夫的呼噜声

· 新闻的片头音乐

· 若赛特·拉尼史搁在门前的凉鞋

· 推销短信（尤其是达尔帝家电发过来的）

· 绿色睡裙

· 盥洗室里漏水的水龙头

· 电视节目的陪伴

· 把袜子摊开来晾晒

· 我以前的发型

· 鲁道夫的手机铃声

· 鲁道夫的哥哥

· 失眠

· 周日晚上，闺女们从家里离开

· 挡住视野的一排冷杉·日复一日

· 孤独

    然后她郑重其事地把记事本传给安娜，后者第一反应是用胳膊挡住自己要写的内容，就跟小时候在学校里一样。

安娜从此告别的东西

· 公寓里的寂静

- 地铁里的喧嚣

- 换床单

- 污染

- 餐厅里的煮牛肉

- 潮湿导致的风湿

- 走廊上传来一丁点声音就吓一跳

- 冷冰冰的床

- 等待

- 从客厅望出去，挡住埃菲尔铁塔的烟囱

- 让－马克黏在身上的目光

- 孤独

她一写完，就抓过瓶子，把剩下几滴酒倒进自己的杯子里。

"你们快看，我要在年底之前结婚！真傻！行了，到你了，卡米耶。"

卡米耶从安娜手中接过笔，把刚刚已经打好的腹稿迅速地誊写出来。

卡米耶从此告别的东西

- 公司的咖啡（除非加了双份糖）

- 任务额度的压力

- 老板

- 平衡

- 塞车

- 用微波炉热好的熟食

·住房门卫各种下流的暗示

·偷窥阿尔诺的脸书

·关于我的体重的评论

·楼下邻居的高潮声

·噩梦

·孤独

她放下笔，撕下这一页。

"好啦，我也写完了。我们现在要做什么？"

玛丽拿起桌上的打火机。

"现在，我们就要把这些单子给烧掉。我本来想把它们扔到海里的，但我们还是别污染环境吧。你们准备好了吗？"

"等等！"卡米耶尖声叫道，"我们总归得说点什么，例如咒语之类的东西？"

"对，好主意！你们有什么想法吗？"

安娜思考了几秒钟。

"有一句我很喜欢的英语谚语，我觉得它非常适合当下我们的情景：今天是我余生的第一天。"

"太适合了！"玛丽赞同道，"如果用法语说的话，这句话跟我很喜欢的一部电影的名字几乎一样①。"

---

① 《余生的第一天》（2008），由法国导演雷米·贝占松拍摄的家庭喜剧片。

她们把三张纸放在一起，卷成一卷，然后点上火，扔到海面上。看着从此告别的事物在空中化为灰烬，她们异口同声地念出了这句咒语：

"今天是我余生的第一天！"

39

今天是情人节。由于邮轮上禁止了所有明显的标志，只有看一眼日历才能知道。玻璃窗上不会贴有爱心，没有特别的晚会，喇叭里也不会播放慢狐步舞曲。乘客们把爱情的火种留在了岸上，而不是期待会在栈桥上和别人擦出爱的火花。

邮轮停靠在了奥克兰市中心的港湾，不需要乘坐出租车或者公交车，只需几步路就能到达市区。安娜在码头上和她的朋友们互相拥抱。

"今晚见啦，姑娘们，祝你们玩得开心！"

"你也一样，好好享受和你的表姐团聚的时间。话说你有她的地址吧？"玛丽问。

"当然有，她发给我了。真想赶快见到她啊……我们已经两年没见了，有太多的话要说了！"

玛丽和卡米耶穿着牛仔短裤，整个上午都在这座新西兰城市的大街小巷里游逛。这里二月的气候相当于法国的八月，到处浮动着暑假的气息。冲浪板在海上漂移，凉鞋踩在地上嗒嗒作响，风呼呼啦啦地穿梭在桅杆之间，沙滩上人山人海，太阳炙烤着大地，冰激凌眨眼间融化，裙角随风飞扬，人们的皮肤被晒得黝黑，生活也变得慵懒。DVD并没有说谎：这是一座舒适惬意的城市，里面住着热情友善的人们。

当她们停在一家全黑队纪念品商店前吃着冰激凌时，有一个男人上前搭讪。说得准确点，是和卡米耶搭讪，他用英语提议说由他来带她参观自己的城市。

"我很少能见到这么帅的男人。"她悄悄对玛丽说。

"我也同意，他真是帅呆了！你跟他一起去吧，我自己一个人继续逛就行。"

卡米耶盯着这个棕色皮肤的帅哥，摆出一个神秘至极的笑容，摇头示意拒绝，眼神表示同意。

"你确定？"她问玛丽，"老天爷！看看他的嘴唇啊……"

"走吧，快去！我们今晚再见。"

玛丽看着另外两人走远，心里盘算着接下来该去哪儿转转。当她转过身时，目光瞬间停留在俯瞰全城的巨大的高塔——天空塔上。就是它了。

电梯只需要几秒钟就升到了塔顶。在三百多米的高处，风景美得令人眩晕，透过环绕瞭望的玻璃，海洋、天空、城市和阳光在眼前铺展开来。幸好安娜不在这儿，玛丽想起自己的这位朋友时不禁笑了笑。突然传来一个熟悉的声音，吓了她一跳。

"真是美不胜收啊，"洛伊克说，"仿佛能俯瞰整个世界。"

她刚才并没有发现他，这个人简直无处不在。

"嗯。"

"你最近怎么样，一切都还好吗，玛丽？"

"很好。"玛丽干巴巴地回答道。

"你收到我的信了吗？"

"收到了。如果可以的话，我想一个人安静地欣赏风景。"

洛伊克抬了抬眉头，沉默了几分钟。然后他又折回来重新捡起话头。

"我做错了什么吗？"

"完全没有。"

"我觉得你有点冷淡，是我弄错了吗？"

玛丽继续目不转睛地望着远处的风景。

"我一点都不冷漠，一切都很好。"

"那么，你愿意今天中午跟我一起吃午饭吗？"

"不愿意。"

他微笑起来。

"所以，的确是发生了什么。如果我是一个固执的人，我不会就这么不了了之的。"

她转过身来面对着他，叹了一口气。

"你到底想干什么？"

"你怎么了？"

"你在耍什么把戏呢？一会儿装得人超级好，我们聊着彼此的生活，一起度过开心的时间，等到下一次又变得冷冰冰的。你在耍我吗？"她提高了声调。

好几个游客都看过来，洛伊克一脸惊讶。

"我不知道你在说什么……"

"这样啊……那我就把真相告诉你，我甚至在想，你讲的那个悲惨的鳏夫的故事是不是用来勾引别人的把戏。有天晚上我听到你的声音从意大利女人的房间里传出来……听起来进行得挺不错嘛。"

他瞪大双眼，然后突然爆发出一阵大笑声。玛丽已经在后悔自己刚刚说的那些话了。

"行啊，你真是疯了！好的，首先，我没有想过去勾引任何人，我的确是一个鳏夫，这不是什么圈套。如果让你产生一种我想把你弄上床的错觉，那我深感抱歉，但我那晚跟你在一起感觉很舒服，就像跟一个好朋友待着一样，没有别的意思。别的时候，我并不是冷漠，只是比较内敛而已。这是我的天性，我在努力改变它。"

"不是这样，但你没必要为自己辩解，我本来不应该跟你讲这些的……"

"其次，"他接着说下去，"我之所以会在弗朗赛斯卡的房间，是因为她不停地要我给她帮忙，而我不敢拒绝。那天晚上，她想让我重新读一遍她正在写的关于邮轮的旅游指南，征询我的意见。"

玛丽摇了摇头。

"对不起，你说得对，我真是疯了……可能是饿疯了，你刚刚不是提起过吃午饭什么的？"

"哈利路亚！太好了，走吧，赶在你把我吃了之前，出发。"

"出发！"玛丽说着走向电梯，"那么，我隔壁的邻居在编写旅游指南，这又是怎么回事？"

40

当玛丽和洛伊克回到邮轮时，已经差不多到午夜了。

"我今天过得无比开心。"她说。

"我也是。或许我们还可以在上层甲板上散会儿步，把今天再延长一点？"

"好主意！"

虽然一整天下来，玛丽感到疲惫不堪，但她不想今天就此结束。从中午开始，他们先是一起坐在公园的长椅上吃了三明治，在城里四处溜达，途中看到了一群北方塘鹅，结果到了激流岛上目之所及全是北方塘鹅，然后他们去吃了晚餐，聊了一会儿各自的情况。就如同第一次共进晚餐时一样，他们很快就放松下来，谈论了有关美食或者音乐的话题，其间又穿插进几个回忆、各自的愿望与希冀。理所当然，他们还隐晦地提及了彼此生活里的幸福与痛苦。

上层甲板上没什么人，他们沿着长长的木板条踱着步。

"那么，你是在布列塔尼出生的？"玛丽问。

"在莫尔莱，我一直住在那里，离大海只有十分钟的距离。我需要大海，根本无法在远离大海的地方生活。"

"深有体会，我也开始喜欢上海洋了，它既让人平静同时又令人兴奋。等到邮轮之旅结束的时候，我会很怀念它的。"

洛伊克注视着玛丽。

"听你这样说，我还挺惊讶的，就好像是……糟糕，弗朗赛斯卡来了！"

在甲板的另一端，弗朗赛斯卡一手拿着手机贴在耳边，另一只手划来划去，正朝着他们这边走过来。洛伊克一把揽住玛丽的腰，带她躲到了挂在隔板上的救生艇后面。他们紧挨着对方，以免身体任何一个部位露出来被发现，蹲下来时才发觉到两人之间的空间太狭窄了。

玛丽的心快跳到嗓子眼了，就像是小孩子玩捉迷藏躲起来时的那种兴奋劲……意大利女人的声音越来越清晰，她的脚步也越来越近了。玛丽快要笑出来了，她竭尽全力想要憋住自己的笑声；洛伊克也一样，他的头埋在她的颈项间，她能感觉到他在咬紧牙关，紧抱着自己的手也在颤抖。此时他们就是两个十岁的小孩。

弗朗赛斯卡走到了他们附近，玛丽和洛伊克屏住气。她经过救生艇时并没有放慢脚步，而是继续往前，注意力全集中在电话上。紧绷的肌肉终于放松下来，玛丽的心跳回到了正常的节奏，洛伊克的呼吸也回到了正常的频率，他热乎乎的气息呼在她的颈背上。兴奋劲过去了，他们忽然意识到两人的位置有点尴尬。洛伊克在玛丽身后，紧靠着她的背部，双手缠绕在她的腰上，脸颊贴在她的耳边，自己的胯部碰到她的臀部。他们都不敢作声，想笑的冲动早已烟消云散。他们也不敢乱动。洛伊克的呼吸又加快了，玛丽能感觉到他呼到自己身上的气息，顿时激起一阵轻微的战栗。她闭上眼睛，微微侧过头，露出了更多的脖颈。而他的唇也慢慢地靠过来，触到她的肌肤，然后更加用力地吻下去。突然他抬起头来，清了清嗓子。

"好了，我觉得她没看见我们。"他边说边从躲避处走出来。

玛丽不敢对上他的目光。

"我也这样觉得。刚刚真热啊。"

于是他们赶紧扯了几句关于气温以及天上星星数量的话题，不一会儿就结束了散步。

玛丽一回到房间，就躺倒在床上。这都是些什么乱七八糟的事情啊。她刚和自己的丈夫分开，到处发誓说再也不会相信爱情了，然后，嗬，只消往她脖子上吹一口气，她就心甘情愿地投入一个萍水相逢的男人的怀里。她到底是怎么了？好吧，她的确度过了美好的一天，洛伊克也并不那么令人讨厌，他们只是刚好处于那样的位置，让人不由得想要靠近彼此，她的身体向他发出了明显的信号，但也仅此而已。她是那种更倾向于掌握全局的人，而不是放任自流。类似的事情不会再次发生，这点是确定无疑的。不得不说，海洋对人产生的影响可真奇怪。

41

玛丽和安娜拖着卡米耶去小酒馆里看表演，但这种类型的表演完全不对她的胃口。说得好听点，观看人们翻跟斗或者吞剑会令她萌生睡意；说得难听点，这样的表演简直让她痛不欲生。然而当另外两人向她打包票说能见到身材健美的杂技演员时，她就被说服一同去看了。

三个好朋友围坐在一张圆桌旁，桌上放着一盘海鲜，眼睛盯着一个腹语表演者走上台。卡米耶扑哧笑了出来。

"姐妹们，别开玩笑了，你们不会跟我说你们真的喜欢这玩意吧？"

"我是百看不厌，"安娜边说边拿起一个生蚝，"他们真是天赋异禀啊。"

"你说得对，可是从什么时候开始，把手伸进一个毛绒猴的屁股里这种事情会需要天分呢？"

玛丽不禁笑了起来。

"你真是个小疯子，少了你我们该有多无聊！"

卡米耶微笑着得意地扬起了下巴。

"承认吧，就是因为这个你们才坚持叫我来的。我终于认清你们的真面目了，两个小骗子。也行，你们做得好，因为这些海鲜已经让我丧失理智啦，我要大吃特吃。"

卡米耶正津津有味地吸着一个虾头时，聚光灯突然打在了她身上。腹语者已经结束了表演，把舞台让给了一个只穿了一条镶边皮裤、脸上留着一撇小胡子的男人。她抬起头来，看到一个身穿金色紧身连体衣的高个子金发女郎走过来，向她伸出了手。

"什么？她想让我干吗？"

"我想应该是让你跟着她。"安娜咯咯地笑道。

"不可能！我可不想唱歌，不用了，谢谢！"

玛丽凝望着台上忙成一团的技术人员。

"恕我斗胆直言，但我猜应该不是为了唱歌，而是……"

卡米耶转头望向舞台。在小胡子男人的几米远处，人们正在把一个圆盘竖立起来。在主持人的鼓动下，观众们拍手鼓励这个年轻女孩，后者不住地摇头。

"别开玩笑了，这是要扔飞刀啊！"

穿紧身衣的金发女郎一下子抓住她的手，没给她机会犹豫便把她拉到了台上。伴随着玛丽和安娜的笑声，卡米耶百般不情愿地跟在后面。

几分钟后，她被摆成十字绑到了转盘上，屏气凝神等待第一把刀飞过来。如果她大难不死，那两个朋友得好好地赔偿她才行。小胡子男人全神贯注，手里握着飞刀。他裤子边上的流苏都在颤抖，或者是她自己的眼皮在颤抖。他抬起手臂，装出要扔飞刀的样子，结果是个假动作，真是个施虐狂啊。第二次来真的了，飞刀朝她飞过来，她闭上双眼，张大嘴巴……

"不要啊啊啊！！！"

她睁开双眼，自己还活着，飞刀在头的旁边。整个厅里的人都笑了。她刚才应该先去尿尿的。

随着每一刀飞过来，卡米耶骂的脏话也越来越难听，所幸最后终于可以回到自己的位子上了。压轴节目开始时，甜点也刚好送上来了。一个女魔术师伫立在台上，身旁放着一个黑色的大箱子。玛丽鼓起掌来。

"噢，轮到把人切成好几段的表演了！我最喜欢这个！"

"我先说明了，如果那个穿紧身衣的金发女人回来找我，我真的会把她大卸八块。"卡米耶说。

聚光灯停在了另一张桌上。魔术师的助手沿着光的方向走过去，把手递到一个女人面前。

"是罗丝，那个整天抱怨的人！"玛丽惊讶地叫道。

罗丝反感地拒绝了几秒钟，可是观众们的掌声让她无法推却。这回轮到她跟着穿紧身衣的金发女郎来到台上。女魔术师向她表示欢迎，在她耳边悄悄讲了几句话后，便让她躺进箱子里。

罗丝的脸从来没有这么紧绷过，拉皮的线都快要绷断了。

"真是不可思议，"玛丽说，盯着那人的身体被分成了两段，"我一直想知道他们是怎么做到的。"

"我知道！"安娜说，"我有一个同事，有机会的时候会表演魔术，他把里头的机关跟我说了。"

玛丽摇摇头。

"你可别说出来，我知道里面有个机关，但我不想知道这个。话说回来，我知道从袖子里飞出来很多鸽子的那个把戏，你想知道吗？"

"不想，我也宁愿它保持神秘。"

"姑娘们，你们可真可爱，"卡米耶说，"你们都这个年龄了，居然还喜欢魔法！"

"什么叫'都这个年龄了'？"另外两人异口同声地反问道。

玛丽回到自己的房间时，又回想起了卡米耶的话。这是真的：她喜欢魔术；她一直都很喜欢，而且她也深知个中缘由。因为生活本身就像是一场魔术表演。小时候，我们只看得到台前的表演。真是神秘莫测，我们惊叹不已，提出各种问题，渴望懂得更多。然后，我们长大了。幕布渐渐地被拉开来，我们意识到里面是有多么复杂。实际上并没那么好看，有时甚至会很丑陋，我们万般失望。可是我们依然感到惊叹不已。

42

玛丽今天四十岁了。为了庆祝她的生日，安娜和卡米耶特意为她安排了一整天的休闲娱乐活动。

做完绿茶去角质美容、精油按摩和面部放松护理之后，玛丽心旷神怡地来到邮轮上的一家美食餐厅——费尔南餐厅和朋友们会合。

"生日快乐！"卡米耶举起香槟酒杯欢呼道。

"生日快乐！"安娜也跟着说，"你和女儿们聊得开心吗？"

"你都不知道有多开心！这是我最好的礼物。"

这天早上，安娜把手机借给玛丽，好让她给双胞胎女儿打个电话。能听到她们的声音真好，她们俩同时讲话，问了一大堆问题，最后要求她好好享受当下的时光。

她闭上双眼听着两人吵吵闹闹，想象她们围在电话旁边，互相推搡着以求能离话筒更近一点。

"朱斯蒂娜找到男朋友了！"莉莉笑着大声讲道。

"别说了，不然我就跟妈说你考驾照没通过。"

"好啦，妈妈，跟我们讲讲你的事情！你都干了些什么？"

她提到了她去乘滑翔伞、她的新发型、安娜和卡米耶、船上的生活、她的阳台、流感、海豚，听着另一头她们讲到自己的学业、同伴、教授。朱斯蒂娜收养了一只猫，起名叫作喵花糖，因为它长得像一团棉花糖。莉莉找到了一个新的室友，对方人很好，可惜她居然会听贾斯汀·比伯的歌。她的闺女们长大了，都过得很好。

最后，她听到了鲁道夫的声音。她忘了今天是星期天。她害怕他要求跟她通话，然而并没有。相反，他好几次都故意笑得特别夸张。女儿们大概对此很反感，跟妈妈说了一句她们很想她，她也回了一句"我爱你们"后便又瞬间回到了世界的另一端。

卡米耶撇着嘴。

"我不知道该选鸭肉还是小牛胸腺……对了，你们昨天过得怎么样？"

她们在奥克兰之后就没怎么碰过面了，彼此都有很多事情急着分享。

"一家人团聚的美好的一天。"安娜答道。

福斯蒂娜虽然是她的表姐，她们俩却像是亲姐妹一样一同长大的。两人都是独生女，而且就住在隔壁，因此她们一有空就一起玩耍，要么在这家要么在那家。十年前福斯蒂娜跟着丈夫离开法国去了新西兰。离别痛苦万分，因而她们尽可能地多给对方打电话。

她们一见面便相拥而泣，然后在福斯蒂娜位于二十三楼的高层公寓里度过了一天。安娜没敢靠近阳台，她们便坐在沙发上慢条斯理地聊起日常生活中的每一件小事。那些事情她们其实已经在电话里说过了，但面对面再讲一遍又是另一番滋味。她们谈到了福斯蒂娜的孩子，如今都长大了。老大快要当爸爸了，这让她们又老了一辈。她们谈到了福斯蒂娜的丈夫雅克，他过不久就退休了。之后他们很可能会回法国，尽管喜欢法国，但还是会挂念孩子们。她们还提到了多米尼克。"他会回来的，我敢肯定。"福斯蒂娜说。她没见过比他们更恩爱的夫妻，甚至常常嫉妒他们。这只是一次危机而已，一切都会过去的。

"但愿她说的是对的吧，"她边说边开始吃意大利烩饭，"因为我试了也没有用，我就是没办法把这件事翻篇，我根本没办法开始新的生活。再说了，我也挺讨厌这种说法的，把重新生活说得就跟整容一样容易……"

玛丽轻抚她的肩膀安慰她。

"会好起来的，我相信。"

"我也是，我觉得他会回来的，"卡米耶说，"我想爱情，真正的爱情，是永远不会消亡的。"

另外两人大吃一惊地转眼看她。

"您是谁？"玛丽问，"您对我们的朋友做了什么？"

"你嗑药了吗？"安娜问。

卡米耶没忍住笑了出来。她当然没有嗑药，她只不过是和威廉过了一天一夜而已。她把他的照片展示给两个朋友看：威廉坐在桌旁开始吃甜点，威廉裸着上半身，威廉和卡米耶在落日前的自拍，威廉睡着觉。他跟前面十几个人比起来简直是鹤立鸡群，过去征服的手下败将无一例外都成了陈词滥调般不值一提。她还录下了他跳哈卡舞的片段，连在重播视频时眼睛都不舍得离开手机屏幕。

卡米耶一直把一见钟情这种事情视为神话传说，和圣诞老人、牙仙①归为一类。她之所以这样相信，大概是因为她真的被打动了。和他在一起，一切都变得理所当然。听他谈论他自身，谈论她自己，看着他，跟随他……

"仿佛我又做回了自己……这种感觉很好，我希望能一直持续下去。"

玛丽和安娜停下刀叉，傻笑着凝视卡米耶。卡米耶退出相片程序，随后把手机塞回内衣里。

她不能这么容易激动。那个家伙很有可能已经把她给忘了，而很快她也会做同样的事情。她和他在一起很快乐，但她不曾想过要和旅途当

---

① 牙仙是欧美传说中的妖精。传说中，小孩子脱掉乳齿后，将乳齿放在枕头底，夜晚时牙仙就会取走放在枕头底的牙齿，换成一个金币，象征小孩将来要换上恒齿，成为一个大人。

中任何一个被她征服的人相恋。所以，等到了下一个停靠的港口，她就会借别人的亲吻来忘掉威廉的亲吻。

"那你呢，玛丽，你做了什么？"

玛丽从头到尾讲了一遍。从天空塔望出去的景色、北方塘鹅、和洛伊克度过的一天、误会与解释、弗朗赛斯卡、晚餐、在甲板上散步、救生艇以及战栗。

"不过，说真的，我们的玛丽，还挺放浪不羁的嘛！"安娜说。

"那么，他那个大吗？"卡米耶问。

"啊，真正的卡米耶回来了！"玛丽笑着应道，"冷静点，姑娘们，你们知道我再也不打算谈恋爱了。"

卡米耶咬下面包的一角。

"的确。不过这种事情，也不是你能决定的。"

在度过了完美的一天之后，玛丽回到房间里，进门时不小心踩到了一张放在地上的纸。她把它从地上拾起来时，笑容不禁在脸上绽放。

玛丽：

昨天我们讨论过后，我想起了这首歌，我觉得歌里的描述很符合你。

我们可以用让－雅克·高德曼的歌来描写自己的生活了。

祝你生日快乐。

洛伊克

她等待着世界的变迁
她等待着天气改变
她等待着陌生的世界
消失后狂风开始卷挟
她如此绝望地等待着

她等待着地平线移动
她等待着人们变动
她等待着一见便钟情
纯洁天使宿命般降临
她如此绝望地等待着

她期待命运之轮旋转
时钟指针随之回转
她一边听天由命地等
一边把银制餐具擦亮
她如此绝望地等待着

她望着美丽的风景画
她读着过去的童话
凯旋衣锦还乡
善良的人们身穿白衣裳
她靠在椅上或沙发上

想象着远方的旅行

艳遇以及淡如水的交情

如同旧小说一样纯粹

如同期待中一样珍贵

　　玛丽感到头晕目眩，不仅因为刚喝的红酒，更因为这些仿佛为自己量身定做的歌词，以及意识到他再次戳中自己的心事而内心慌乱。在他面前，她感觉自己被看得一清二楚，然而她都不在乎。她坐在写字台前，拿起记事本和一支笔，埋头写起了回信。

43

　　"就好像我们还没坐够船似的……你们完全就是受虐狂！"

　　卡米耶边抱怨边一路跟着玛丽和安娜。在悉尼的海湾，有一艘外轮船提供邮轮晚宴。玛丽曾在一个报道中看到这家游船餐厅，执意要去吃上一回。她并不是唯一一个有这种想法的人——所有的桌子都被占满了。

　　一个女服务员领她们走到预订的餐桌前，好几个熟识的面孔已经等在那儿了：那个成天抱怨的大妈罗丝，形影不离的玛莲娜和乔治，眼里只有卡米耶的胆小的"米卢"，实际上他叫亚尼，还有那个害羞的小个子金发女生安热莉克。三人只相互看了一眼就立马达成默契：这次晚餐将是促成两个年轻人在一起的绝佳机会。

　　透过玻璃窗，可以望见著名的歌剧院倒映在墨色的海水上，整座城市闪闪发光，海港大桥横跨港湾。在餐厅里，一群本土的音乐家用陌生的乐器演奏当地传统的乐曲。

"听起来真奇妙。"玛丽说。

玛莲娜表示赞同："还能看到这样的表演，我就觉得活着真好。"

"什么？要我说的话，我倒宁愿去死，"罗丝摆出一副怪相反驳道，"这些噪声真是令人无法忍受。这根本不是什么乐器，而是折磨人的工具！"

亚尼吞下一口葡萄酒，然后放下酒杯。

"这是迪吉里杜管，一种很古老的乐器，有两万年的历史了。"

"就算你这么说，它也没有因此就变得悦耳，早知道我应该戴着耳塞过来的。"

"哇，亚尼，您看起来很有文化嘛，"安娜插嘴道，"您不觉得吗，安热莉克？"

女生一下子就脸红了，垂下眼睛对着餐盘。亚尼却盯住卡米耶继续说道："我非常喜爱音乐，而且我也注意去提高自己的修养。也许我的确还年轻，但我知道不少东西，比一些年龄大的男人知道得都多。"

卡米耶领会了话中之意，这个"米卢"挺难对付的，根本不可能让他轻易投降。

"肯定啦，你当然会知道一大堆关于小熊维尼的事情，最近毛驴屹耳过得怎么样？"

"安热莉克，"玛丽问她，"你是音乐专业的，对吧？"

"是的。"

"那么正好，"安娜又加上一句，"这是一个很大的共同点啊！你们两位都很喜爱音乐，这就是缘分。"

玛莲娜举起手来，闭上眼睛。

"爱情，就是内心的音乐互相协调的艺术，"她高声朗诵般说道，"共同的热爱对于一对情侣来说是必不可少的，你们懂的。"

玛丽、安娜和卡米耶都不禁笑了起来，她们的鬼主意看来没有逃过任何人的眼睛。安热莉克侧过身对亚尼悄悄说了些什么。罗丝吹了个口哨。

"好吧，我们懂了，这个音乐真是妙不可言。我们还是回到晚餐的话题上吧？"

乔治用餐巾轻轻地擦了擦嘴，再慢慢地折好，放在餐盘一边。

"尊贵的太太，您想对我们说什么呢？脏兮兮的玻璃窗，服务员难听的口音，还是更年期？"

吃完甜点后，安热莉克和亚尼一起离开了饭桌，去外面欣赏美景。卡米耶不出声地拍了拍手。

"我想我们成功了！"

"您能跟我们解释解释吗？"玛莲娜问，"我知道你们想把他们凑成一对，可是出于什么理由呢？"

"因为他到处跟着我，我再也受不了了！"卡米耶回答说，"他应该去找别的主人。"

罗丝低声埋怨道："我猜，您应该知道船上是禁止谈恋爱的吧。"

玛莲娜在桌子底下握住了乔治的手：

"当然啦，您说得没错，成双结对的真是恶心。"

"的确令人反感。"乔治重复道。

玛丽推开房间门后的第一件事就是寻找应该放在地上的信封，这几乎成了惯例。自从奥克兰那次碰面之后，她就没有再见过洛伊克了，但是他们每晚都会轮流把高德曼的歌词塞进对方的门缝底下。每隔一晚，她都会仔细斟酌该写什么才好。《既然你离开》，自从她的女儿们离开家以后这首歌就特别打动她。《他改变了生活》，这是当洛伊克跟她提起自己的父亲是鞋匠时，立马在她脑海中浮现的歌曲。她塞到他门底下的第一首歌是《秘密》。她曾经犹豫过，因为担心这会刺激到他，但最后并没有后悔。第二天，他回信说自从他的妻子去世后，这首歌他听得最为频繁。玛丽能够理解他，他为此十分感动。

　　她渐渐喜欢上了这样的书信交流，能够让彼此无须多言，却能深入了解。

　　信封果然在地上，她把它捡起来，迫不及待地打开信封。

　　　我相信这首歌能勾起你的许多回忆。它让我想起了过去的玛丽，就是你曾对我描述的那个。不同的是，你改变了故事的结局。

　　　祝你有个温柔的夜晚。

　　　她在阳台上撒面包屑
　　　为了吸引信鸽和麻雀
　　　她活在别人的世界中
　　　电视机屏幕的世界中

当太阳升起
就自然睡醒
寂静而平静
一天便过去
扫地又熨衣
家务活不停
按时间吃饭
独自的三餐

家里太整洁
她不禁怀疑
如同那一些
无人的空地
他们屈服了
交出了武器
物品胜利了
夺得了领地

时间在变化
却未改变她
生命在凋零
幽灵活下去
一切在运行

无由无目的

从冬来到秋

没热浪寒流

她在阳台上撒面包屑

为了吸引信鸽和麻雀

她活在别人的世界中

电视机屏幕的世界中

她读报纸的负面新闻

旁观着别人的人生

结果越平淡的越是糟糕

她最后竟觉得其实还好

她在阳台上撒面包屑

为了吸引信鸽和麻雀

沐浴与美容

使肌肤柔嫩

但已有许久

无人来触碰

一月又一年

没有人爱恋

一天又一天

爱情被忘却

梦想与渴望

普通而平常

无惊亦无喜

如反掌容易

十几二十页

平淡的照片

一眼便望穿

黯淡的岁月

再次一语中的。她曾经多少次一边听着这首歌，一边反问自己如何去过上梦寐以求的生活，而不仅仅是做白日梦。

但愿这个故事接下来不会朝着令人不安的方向发展……

44

玛丽坐出租车去到了直升机机场。抵达悉尼的第二天，她选择了乘直升机俯瞰全城这个旅游项目。她们三人上午一起逛了市内之后，安娜还是宁愿继续留在陆地上，而卡米耶则出发去捕猎澳大利亚男人。所有选择乘直升机的游客都已经等在停机坪上了，在乌云密布的天空下，三十来个人听着飞行员的指令。

每架直升机能搭载两名乘客，因此他们得两两配对。玛丽用目光搜寻一个熟悉的面孔，一起分享这一时刻。人们各自组队，突然洛伊克的后脑勺出现在她眼前，他背对着她，站在一小拨人的后面。她快步走上前去拍拍他的肩膀。他转过身来，看起来很是惊喜，高兴得连忙向旁边的一个男人解释说自己还是不和他一起坐飞机了。

从空中往下看，景色令人无比震撼。飞行员说话带一口浓重的澳大利亚口音，眉毛弯弯的，像两道拱桥。他通过耳机向他们讲述正在飞过的港口的历史。

陆地仿佛朝着色彩斑斓的大海伸出了它的舌头，错乱的帆船如同跳着野性的芭蕾舞，摩天大楼紧靠着荒地，歌剧院像在行屈膝礼，在黑白混色的天空下，小岛犹如滚珠游戏里的圆珠。这种美丽名为悉尼。

玛丽正沉浸在美景当中，恍然发觉飞行员不再说话了。他坐在他们前方，沉默地盯着控制台。

"没什么问题吧？"她通过喇叭问道。

那人回答了几句，但玛丽没听懂，于是她看向洛伊克。

"因为他的口音，我也不大肯定，不过我想他准备提前降落，因为起风了。"

玛丽此时只有一个迫切的想法：赶紧回到坚实的地面。说真的，把自己关进一个会飞的东西里，她究竟在想什么啊！明明一张DVD也能达到同样的效果啊。

洛伊克察觉到了她的恐慌，试图摆出安慰的笑容，却每每在飞机又一次抖动时瞬间转换成吓人的苦笑。风景变得一点都不迷人了，仿佛是在驱逐他们。海洋会把他们吞噬，荒地会把他们碾碎，摩天大楼会让他们直接在飞行途中爆炸。

降落尤为缓慢，简直有点慢过头了。直升机难以保持平衡，而且飞行员反复说着"没问题、没问题"，反而增加了恐怖的气氛。洛伊克吓得脸都白了，他紧绷下巴，手放在双腿上绞在一起。他们肯定快死了。明天，报纸上就会登载一条新闻，上面报道了一场悲惨的事故，两名中途停靠在悉尼的法国乘客在这场事故中死亡。"只有几根红色的头发，尚能让人辨认出其中一名四十岁女游客的身份。"太恐怖了！我再也见不到我的孩子们，玛丽正想到这里，突然一阵猛烈的狂风让飞机转了个圈。机舱里响起警报声，操控台上闪起了各种警示灯。飞行员回过头来，他现在的眉毛拧得像是一座桥从中间断开了。玛丽下意识地投入洛伊克的怀抱，而对方也紧紧地抱住她。她凝视着他流露出恐惧的眼睛，摘掉两人的耳麦，然后用力地贴上对方的唇。眼泪流进了嘴里，彼此的舌头在绝望中热烈地交缠。他们什么也听不到，什么也看不见，全神贯注在这最后的一刻，在一切都灰飞烟灭之前。

突然一切都不再晃动了，噪声也减弱了。玛丽和洛伊克睁开双眼，亲吻的嘴唇迅速分开。飞机落地了，螺旋桨正慢慢地停下来。飞行员一脸灿烂地转过头来。

"没必要害怕的。"他说。

别的直升机还在天上飞着，但他个人比较谨慎，实际上并没有什么太大的危险。另外，他也跟他们重复说过无数次，飞行全程都会很顺利的。

当他们回到地面上时，双腿不住地发抖。两人不敢对视。玛丽结结巴巴地说了几句道歉的话——她的朋友们应该在等着她，她得赶快去和她们会合——随后拖着软绵绵的脚步，能走多快是多快，心跳剧烈得连太阳穴都突突直跳。

45

外面下雨了。大多数乘客都趁此机会在屋里好好休息，无论甲板上还是商店里都人烟稀少。邮轮还要在海上航行七天才能到达新加坡，因此平时只能在船上活动。玛丽、安娜和卡米耶大多数时候都待在一起，但今天每个人都留在了自己的房间里。

玛丽拉上窗帘，把布雷吉特·琼斯的 DVD 放进播放器里，便开始织起了毛衣。她还没收到米里埃尔的回复，按理来说对方应该已经收到了包裹以及关于图案的方案。等待期间，她决定给朋友们织点东西。她已经给卡米耶织完了一条连衣裙和一件毛衣，给安娜的第二件背心也快织好了。这件背心跟第一件款式一样，只有颜色不同。

她在墨尔本发现了一家羊毛商店，差点把里面的毛线都买光。商品的种类极其繁多，她在法国从来都没见过那么多的选择。店里的女售货员也很懂她的心思，每次玛丽觉得自己已经买够了，对方都会拿出另一个令她爱不释手的毛线团。她满载而归地回到邮轮上，两手提着满满的袋子，脑袋里也装满了种种清晰的想法。

她刚把东西放下，就马上动手起针了。这起码能占据她的头脑，省得它养成一个坏习惯，那就是一闲下来就去想关于洛伊克的事情。绝对不能让他轻易潜入脑海，这不是由他来决定的。她几乎已经成功说服自己喜欢上抱子甘蓝寡淡的味道了，所以说自我暗示还是有点用的。

自从上次颠簸的直升机之行后，她就再也没有任何他的消息。两人既没有碰过面，也没有一起共进晚餐，更没有门缝底下的留言，什么都没有。

她也没有再给他写信。两人的关系正朝着一个她并不知道自己是否期待的方向发展。然而，她来这里的目的并不是这个。所以，如果能够清除那次亲吻的记忆，总归是有益无害的。

卡米耶背靠在枕头上，腿上放着电脑，嘴里叼根烟，准备开始写博客。她的（半）私人日记获得了意料之外的众多关注，访问数量不停地攀升，她每天都能收到成百上千条评论，甚至已经有媒体在报道她的故事了。

在谷歌上搜索她的博客名，会出现十几篇文章：《热门博客背后是谁？》《陌生博主成为网络热门话题》《博客新星的神秘故事》等。此外，视频页面显示好几个电视节目都提到了她的博客。

时常有记者填好联系表格后发送过来，以期取得一个专访的机会，揭开其神秘面纱，但她从来都不答复。卡米耶执意要隐姓埋名，这样才能继续用这种自由而不受拘束的口吻写下去。如果知道她的父亲也在看的话，那她就会非常放不开手脚了……

每次离开一座停靠的城市之后，她都会把自己当天的征服过程写下来，并配上一幅插图。今天轮到的是约书亚，她在墨尔本搭上的一个澳大利亚小伙子。约书亚这家伙挺不错的，金色头发，上半身肌肉线条优美。他的吻技也不赖，无疑做什么都很棒，但她就是集中不了精力。她总是想起奥克兰，自那之后每次相遇都会这样走神，甚至连朱利安都快从她的脑海里消失了。而这终将会过去的，毕竟陷入恋情并不在她的计划之中。

她深吸了一口烟，而后又一下子吐出来，开始在键盘上敲字。"J. 的身材完美到仿佛经过 Photoshop 软件处理过……"

安娜坐在沙发上，一边敷保湿面膜，一边读以前的短信。她几乎都能倒背如流，但重新回味这段一切安好的日子让人感到安心。

她和多米尼克以前有个习惯，就是每天都会给对方留一条小信息。"亲爱的，愿你一天过得愉快。""我已经开始想你了。""我爱你。""我爱你更多。""不是，是我更多。"……一开始他们写在本子上，后来换成了便利贴。类似的留言塞满了整整一个抽屉。几年前，他们开始在触摸屏幕上继续书写对彼此的爱意。这成为跟刷牙或者喝咖啡一样的习惯，一天从一条短信开始。

安娜之前从来没有意识到这有多么珍贵。到了今天，如果能够让他的名字在屏幕上显示，她愿意为之付出一切。然而希望总是落空。

她快要走到玛丽的计划的最后一步了。已经寄出了十一张明信片，很快这条信息就会完整呈现了。他肯定已经领会了她的意思。在每张明信片的背面，安娜都画了一个字母："N""I""Y""U""A""N""Y""I""Q""U""W"。还有三个字母再加上一个问号，求婚的句子就完整了。如果他没有回复，那就意味着他没有意愿，到此结束。是时候放弃纠缠，翻开新的篇章了。安娜勾选了第一条短信，正准备删掉时，手机响了。

几分钟过后，她猛地冲到走廊上，把卡米耶从她的房间里抓出来，然后拉着她奔向玛丽的房间。

46

"你往脸上抹了什么？"

卡米耶小心地盯着安娜，后者摸了摸自己的脸颊，看到手上沾满了
面霜。

"哎哟！我忘了把面膜洗掉了！"

"当心点，你会一下子年轻二十岁的！"玛丽开玩笑说，"我给你们
倒杯咖啡吗？"

安娜露出了一副神秘的笑容。

"我觉得我们可以开瓶香槟了……"

"嗯？"

"我刚刚接到了米里埃尔的电话。"

"快说！"卡米耶尖叫起来。

米里埃尔收到了玛丽寄给她的样品，由此她便能够评判毛衣的质量
如何，她的团队也为此集中起来研究卡米耶画的图案。结果：他们都很
喜爱这些作品，不单单是毛衣或者图案，而是两样加在一起。因此他们
做了一个现实情况的测试。他们把商品的照片、花纹图案以及相应描述
放到了网页上，价格也定下来，便开始预售。客户可以先挑选款式、颜
色、大小，然后是想要印在上面的图案，最后根据要求开始制作。

"接下来呢？"玛丽急得直跺脚。

"他们甚至都来不及做广告。"

出售的消息经过口口相传不胫而走，预订的数量飞速增长。他们已经很久没有见过这样抢手的商品了，上一次还是在推广可以刻上个性化字母的项链的时候。

面对这样一个巨大的成功，米里埃尔几乎控制不住内心的狂喜。她执意要让玛丽签下一个专属合同，并且由卡米耶专门负责图案设计。她会再和她们俩商量具体的流程，不过玛丽肯定可以从中轻松赚得一笔不错的工资，而卡米耶也能获取一定百分比的利润，让日子过得更加滋润。

玛丽一下子投入安娜的怀里紧紧抱住她，随后又猛地抽身出来，头上沾满了面霜。

卡米耶笑得前仰后合。

"我觉得我都快憋不住尿出来了。"

"你只要不尿在我的床上就行，"玛丽也笑得不行，"我会很感激你的。"

她走近写字台，拿起桌上的毛衣给另外两人看。

"我本来想等航行结束时才送给你们的，不过我觉得现在正好。我刚打完。喏，姑娘们，送给你们。"

她们接过这些手工制品。安娜眼里含着泪水，卡米耶把连衣裙摊开来仔细欣赏。

"正好，我刚才还说我不知道该穿什么出门去倒垃圾呢……"

"这个评价不错！"玛丽笑着说，"你喜欢吗？"

"超级喜欢。如果你是个男的，那我就会跟你来个法式热吻了。不过说真的，我很感动。"

"行，那我就满足了。来吧，我们把这瓶酒给干了？别忘了，我们要变成有钱人啦！"

灌下几口酒后，三人决定了毛衣的品牌名——玛娜卡。三人名字的合体。

47

邮轮即将在新加坡靠岸，"飞利奇塔"号上的乘客都只有一个急切的愿望：那就是回到陆地上。在过去几天里，海上一点都不风平浪静，许多个数米深的漩涡让船上的人和物都摇来晃去，仿佛在跳华尔兹舞。所有人挤着冲向出口。卡米耶抬眼望天感慨道：

"简直就跟打折季第一天似的，大家都疯了吧！"

"我们还是让他们先下船比较好吧，我们待会儿再慢慢地出去。"安娜提议道。

"好主意，"玛丽回道，"喂，姑娘们，看看谁在电梯里！"

在缓缓下降的透明笼子里，安热莉克和亚尼正热火朝天地讨论着什么。门打开时，"米卢"使个眼色示意女士优先。她让他先出去，他却坚持让她先出去，结果最后两人同时走出来，还不小心手背相碰，顿时一齐笑出了声。而当这个年轻小伙子从卡米耶身边经过时，他甚至连看都不看她一眼。

"好呀，他这么快就把我给忘了！"

邮轮在新加坡停留两天。为了在最短的时间内看到最多的东西，三人选了一趟环城之旅。她们将会依次搭乘公交车、步行以及坐船去参观城市里不可错过的景点。

大巴车上还有几个位子空着。安娜和卡米耶一如既往地直接走到最后一排座位上。洛伊克也不出意料地坐在中部靠走廊的位置，双腿伸长，手里拿着一本旅游指南，背包放在旁边的座位上。玛丽感觉脸颊被猛然上涌的血给烧红了。

她来到他附近，碰了碰他的肩膀。他见是她，马上露出了一个大大的笑容，然后把包拿开好给她让出位置来。安娜和卡米耶一边观察着他们俩，一边说悄悄话，叽叽咕咕的就像鸽子一样。

玛丽坐了下来。

"你最近还好吗？"

"还行，你呢？"他答道。

"不错。天挺热的，你觉得呢？"

"嗯，但愿车上有空调吧。"

气氛越来越好了，就跟会在理发店里发生的对话一模一样。

大巴刚一启动，车里就响起了导游的声音。洛伊克清了清喉咙。

"我们得谈谈上一回发生的事情。"

玛丽惊得一下子屏住气。

"好的，你说吧。"

"我想知道，你是不是很恨我？"

"完全没有。我恨你什么呢？你呢，你恨我吗？"

"当然不会！我们当时很害怕，都是本能作祟，"他咕哝道，"我们不用太怪罪自己。"

"那次之后我好几次都想去找你来着，但我不敢。"

"我也是。"

两人又陷入了沉默。在玻璃窗的另一边，新加坡美丽的景色展现在眼前。有时大巴会在中途停下，好让游客下车亲身感受美景。他们在圣淘沙岛上游玩，在小印度拍照，在鱼尾狮公园野餐，在兰花园赏花……这个城市国家在一天内向游客依次送出它的礼物。

每次回到车上，玛丽都会回到洛伊克旁边的座位。他们交流了一下各自的印象，聊些无关痛痒的话题，接着又把心思集中在车窗外的风景上。

最后一站是新加坡独一无二、规模巨大的商业中心区。大巴开到了停车场，乘客们开始收拾东西，站起身来准备离开。玛丽注视着这幢未来主义的高楼建筑，心想或许能在这儿买到一份礼物送给两个女儿。突然感觉到洛伊克把手覆盖在了自己的手上，她屏住气息。他应该不是故意这样做的，所以应该很快就会把手拿开……一秒、两秒、三秒……他始终没有把手拿开。于是，尽管她的目光依旧停留在大楼上，手指却弯起来与他十指交扣。

48

直到午夜，梦神才降临在玛丽的房间。她梦见自己围着一个交通环岛不停地转圈，始终无法决定该从哪个出口出去。四周的车辆不停地按着喇叭，她必须得做出决定了。可是玛丽还是无法下定决心。当她正准备从一个看不见名字的路口绕出去时，一阵轻轻的敲门声把她惊醒了。

是洛伊克。

"跟我来。"他悄声说。

她扯扯自己的 T 恤，想要把它拉长一点遮住更多地方。

"去哪儿？"

"随便穿件什么都行，带上泳衣一起过来，剩下的包在我身上。"

新加坡的街道上余热未散。出租车后座上残留着焚香的味道，路灯在窗外流转。最后当车停在人行道边上时，玛丽转头朝洛伊克笑了笑。

"你疯了吧！"

"你敢跟我说你不想来这儿吗？"他边说边拉着她走到大楼入口。

她当然不敢这么说。滨海湾金沙酒店是新加坡绝对不可错过的景点之一。这座复合型酒店由三幢五十五层楼的大厦组成，能够俯瞰海湾美景，但它之所以驰名国际在于它有空中花园以及横跨三幢大楼楼顶、超过一百五十米长的空中游泳池。玛丽非常渴望能一头扎进这个游泳池，但据她了解，只有入住酒店的客户才能进入空中花园。显然，她又弄错了。洛伊克一直牵着她的手，直到电梯升到顶层才松开。

玛丽和洛伊克躺在躺椅上，手里各拿着一杯鸡尾酒，从两百多米高的地方欣赏美景。这座城市披上了它璀璨的灯火外衣，高楼倒映在水面上，车灯流转犹如仙境的舞蹈般美妙。

"谢谢你，"玛丽感叹道，"我永远不会忘记这一刻的。"

"我曾经做梦都想来这个地方，所以我就想方设法和酒店的公关负责人沟通好。我的工作还是有不少好处的……"

"我简直不敢相信！你能想象我们现在就在这儿吗？"

"而且你还没去看最美的地方呢，快来！"

洛伊克站起来，牵着她的手带她进入泳池中。温度恰到好处。玛丽游了几下后便伏在池边，他也跟着她停到边上。从这里望出去，景色更加壮观。

她在这儿，仿佛虚幻一般，飘浮在世界之上，俯视着无与伦比的风景。一种幸福的感觉油然而生。她侧过头去看着洛伊克，而他也在注视着她。他什么也没说，也不笑一下，无声地凝视着她的眼睛、她的嘴唇。气氛有点尴尬，却又令人兴奋不已。她迎着他的目光。

他们两人一动不动地互相盯了好几秒钟。一是因为他们都犹豫不决，二是因为这是最好的时机。玛丽闭上了眼睛，她的小腹紧张得发麻。洛伊克的气息慢慢地、慢慢地靠近。他的嘴唇先是轻轻地、温柔地抚过她的嘴唇，而后猛地用力吻了上去。她张开嘴，两人的舌头缠绕在一起，开始一个如同她的"棉花糖盒子"里那样的吻。洛伊克的身体紧贴着她，他把手伸进她的头发里，抚摸着她的脖颈。他往下吻她的脖子，呼吸变得更加急促。她攀上他的腰，手指用力得几乎要嵌进他的皮肤。她想要用双腿夹住他，脱掉他的泳裤，让他释放侵占了腹部的原始欲望。但他们现在在公共场所，所以只能拥抱着对方不松开，享受他们曾经以为再也无法感受到的渴望。

他们直到清晨才回到邮轮，手里拿着泳衣，头发还湿漉漉的。为了躲开别人的视线，他们从出租车上下来前，再一次亲吻了对方。到了邮轮，他们尽量不泄露两人关系的任何痕迹。快走到电梯时，阿尔诺德突然叫住了玛丽。

"德尚太太您好。我们接到了一个自称是您的丈夫的电话，他坚持让您给他回个电话。"

49

玛丽记不起来鲁道夫的电话号码，不得不去前台问一下他们是否记录了下来，还好他们这么做了。她拨打电话时，禁不住有点发抖。电话甚至连第一个嘟声还没有结束，另一头就响起了"喂"。

"喂，鲁道夫，我是玛丽。"

"噢！亲爱的！很高兴你给我打电话……"

"我借了一个朋友的电话，所以不能说太久。你给我打电话了，对吗？"

"是的，我希望我们能商量一下。"他抽抽噎噎地说，"我爱你，玛丽。你不能丢下我，我是你的丈夫。"

鲁道夫从不轻易掉泪。他上一次哭还是在十五年前，他父亲去世的时候，那时她深受触动。

"很抱歉，鲁道夫。我没想到这会让你这么痛苦……我应该换种方式的，起码应该更加照顾到你的情绪。但我好几次试过跟你讲话，可你就是不听……"

"谁说的，我当时听着呢！"他突然打断她，"但我不明白你到底在抱怨什么。你跟我在一起明明过着公主一样的生活，不用去上班，还能买自己想买的东西。我知道有很多人都想过上你这样的生活。"

玛丽紧咬牙关。他听起来很悲惨，所以没必要对他太过恶劣。

"可是我再也不喜欢这种生活了，我觉得自己不幸福，我不会回去了。但是对不起，我并不想让你这么难过的。"

"你喜欢上别人了，是吧？"他不屑道。

他的抽噎声顿时停了下来。而这，才是她所熟悉的鲁道夫。

"完全没有，"她镇定地答道，"我从头到尾都没有背叛过你。"

他放声大笑。

"别说了，你这个骗子。你不可能一个人离开的，肯定是跟另一个男人一起，你自个可没这个狗胆。我翻了你的东西，不过什么都没找到。那个人到底是谁啊？我认识他吗？"

"鲁道夫，你过分了。我没有跟别人在一起，你明明知道得很清楚。"

"那你还把我当傻子一样对待，你不会良心不安吗？您这位太太在世界的另一头编造着天花乱坠的谎言，而我在这边却像个白痴一样干死干活，这个模范家庭可真是完美啊！我简直不敢想象周围的人都会说你什么……"

玛丽叹了口气。

"你真让我恶心。'模范家庭'这四个字，是你到处拈花惹草的时候亲手破坏掉的。别以为你会让我感到内疚，你永远做不到。"

"那当然，"他冷笑道，"你都敢把自己的亲闺女给抛弃了，你才不是那种会内疚的人呢。"

"……"

"你考虑清楚了吗？"他继续说，"你不反悔了？"

"我考虑清楚了。"

"OK。我提前告诉你一声：你一分钱都别想从我身上拿到，你也没办法从我这儿抢走任何东西。好好珍惜我给你的那点钱吧，然后你就得去骗另一个傻瓜上钩才行了。"

"我要挂电话了，鲁道夫，你真是变得面目可憎。"

"玛丽，我求求你，别这样做！"他忽然又大声地哭叫道。

"鲁道夫，再见。"

玛丽去把手机还给安娜，路上反复思考刚才的对话。鲁道夫非常强势，差点就成功了。他尝试了各种手段：求情、威胁、怪罪。他很快就会回归正常的，他只是自尊心受了伤而已。手里的提线木偶居然自己把线给剪断了，这确实令人抓狂，但他很快就会找到另一个的。

另外两个朋友在安娜的房间里，她们备好了一杯茶等着她。

"还好吗？"

"还行，谢谢你们了。"玛丽说着倒在沙发上，"我想，现在事情总算是明了了。如果在开始一段感情之前就能看到它的未来，那该有多好啊……"

"这一点都不像你的台词，"卡米耶说，"不过这也许能省下不少时间。"

"我可不这么认为，"安娜回应道，"我从来都没后悔过和多米尼克在一起的每一秒，哪怕我如今感到心痛万分。而且我觉得，就算我知道结局，这也不会阻止我从相遇的第一天起就疯狂地爱上他的。我跟你们讲过我和他是怎么认识的吗？"

那是在表姐福斯蒂娜的婚礼上。她是新娘的证婚人，而他是新郎的证婚人。她一直没怎么注意到他，直到她要把戒指拿给新婚夫妇那一刻。当时是由她来负责这件事的，当牧师让她递戒指时，她才意识到自己忘了这码事。在场所有人都惊慌失措，福斯蒂娜拼命把眼泪憋回去，宾客们也都瞪圆双眼惊讶不已，安娜吓得简直无法动弹。突然，一个棕色头发的大个子站起来，把装饰椅子的两条白色丝带扯下来，绑成了圆环状。新郎新娘只需要把手指套进去就可以了。多米尼克瞬间变成救场的英雄，更成了安娜眼中的救命恩人。就算她能预见到如今这个悲剧的结尾，她还是会奋不顾身地投入这个故事当中。

"你真是浪漫得不可救药啊，"卡米耶双眼竟有些湿润，"太梦幻了。"

玛丽微微笑着。

"当心啊，卡米耶，你自己也在改变！"

"我完全不懂你在说什么，"她皱眉头回道，"不如跟我们说说为什么你的黑眼圈一直耷拉到下巴那儿吧。"

"可能是因为我和洛伊克过了一夜……"

"真的假的？"另外两人异口同声地说道。

"真的，"玛丽的脸上浮现一抹神秘的笑容，"你们会恨死我的，但我真的快站不稳了。我得赶紧去补个午觉，然后再跟你们讲讲发生的事情。"

安娜猛地跳起来，连忙挡在房间门前。

"这位故弄玄虚的女士，如果你不把整件事情的全部细节如实告诉我们的话，你就压根别想从这里出去。"

"OK……不过我能先喝杯咖啡吗？"

50

安娜和卡米耶坐在玛丽的对面，目不转睛地盯着她。

"嗯，于是呢，他就亲了我。"

"怎么亲的？"卡米耶问，"亲了额头，还是脸蛋，用了舌头？我们跟你说过了，我们想听细节！"

玛丽咯咯笑起来。

"有的地方用了舌头，有的地方没用舌头，亲了嘴唇、脖子、脸蛋、下巴、额头、颈背。他不断地轻轻咬我的皮肤，一直紧靠着我，摸了我的屁股，他还……"

"行了，行了！"安娜笑着打断道，"我想我听够了！话说回来，对一个再也不想谈恋爱的人来说，你可真厉害啊……"

玛丽把杯子拿到嘴边，灌下一大口。

"我知道……我有点迷糊。我从来没想过会这样发展，但我也不是完全认真的，总之就是这样吧。"

她说这句话更多是为了安抚自己。不可以认真投入。她忍住了，毕竟她曾经向自己发誓说再也不让任何一个男人靠近自己，尤其是她才刚离开自己的丈夫。她需要重新找到自我，并且是一个人去寻找，出于这个原因她才独自远行的。她并没有想过自己会重新遇到一个人，会喜欢和他待在一起，而对方也了解自己，让她觉得自己是重要的，但事情就是这样发生了。她试图说服自己两人之间的交流都是坦坦荡荡的，没有什么别的打算，却行不通。她还是陷入了这段感情当中。

"这只是一个简短的没有结局的故事而已，"她接着说下去，"既不带感情，也没有计划。我们俩只是一起玩得开心，没有别的意思。"

安娜和卡米耶互相看了一眼，然后一起抬头望天。

"当然啦，"卡米耶说，"反正你就是想让我们相信，你对他完全没有感觉……"

"完全没有。我喜欢和他聊天，就是这样而已。他人特别好。"

"人好……"安娜说，"他摸你屁股的时候，你也只是觉得他人很好？"

卡米耶也冷笑一声。

"我还以为你激动得把泳池都弄了个底朝天呢，哼！"

玛丽的脸腾地红了，扑哧一声笑出来。

"理所当然，我想到了很多事情。但也仅此而已，不会更进一步，这点毋庸置疑。没错，我的确很喜欢他，可我也已经四十岁了，我知道怎么控制自己的感情。"

她其实还不知道接下来的见面会是什么情形。他们会不会假装什么都没发生？还是会偷偷地见面？这一切都模糊不清。最好的办法还是让事情顺其自然地发展下去。她清楚自己想要什么，更清楚自己不想要什么。几个泳池里的拥吻不会就此打乱她的规划，即使那些吻令她心动。

"好了，我该去睡觉了。"她站起来说，"你们会保守秘密的，对吧？"

"放心吧，"安娜保证道，"这个秘密只在我们三人中间，连门都出不去。"

卡米耶也站起来，一把掀开被子。

"我们两个当然什么都不会说，但我不确定我们能不能相信毛毛……"

粉红色的毛绒玩具狗四脚朝天地躺在床上，三人见此同时开怀大笑。玛丽打开门，朝另外两人挥了挥手。

"去吧，好好休息！"安娜说，"我们下午应该会去游泳池，你要是醒了想找我们的话，可以去那儿。"

"OK，待会儿见啦，姑娘们！"

"一会儿见，"卡米耶回应道，"睡着的时候可别呻吟得太大声啊！"

51

还有一个月就要回到法国了。这天早晨，玛丽倍感忧伤，因为环球旅行快要结束了。她连一包薯片的最后几片都舍不得吃完，更别提一趟邮轮之旅了……从这段插曲回到正常生活将会尤其艰难。她当初离开是为了找寻自我；而在世界的另一端，她重新找回了自己。除此之外，还有安娜和卡米耶，她的两个朋友。玛莲娜、乔治、安热莉克、阿尔诺德，甚至还包括弗朗赛斯卡，所有这些人都成了她日常生活的一部分。因此再也见不到他们令人万分难过。最后还有洛伊克。他昨晚又塞了一封信到她的门缝底下，信的最后一句话让她感到一阵酥麻。吻你。

她正在阳台上浮想联翩时，忽然传来一阵敲门声——是安娜。

"卡米耶给我发了条短信，她说她想和我们谈谈，正在她的房间里等着我们俩。"

卡米耶坐在床上，电脑打开搁在膝盖上，一脸沮丧的表情。

"我也不知道该从哪儿开始说起，我有两件事得告诉你们。"

玛丽和安娜坐到床角上。

"我们有的是时间，慢慢来，我们听着。"

"好，我以前跟你们提过我写博客……"

"对，你还给我们看了其中几篇。"玛丽回道。

这天早上，大卫——卡米耶最好的朋友——给她打了个电话。他讲话的声音很大，而且滔滔不绝。她最初不明白他到底想说什么，过了一会儿，她突然懂了：她博客的秘密被人发现了。

她从一开始就小心翼翼，尽量不留下太多的泄露个人身份的信息。她既不标明城市的名字，也从来都没有提到邮轮，捕获到的猎物也只用名字首字母来称呼。她还给自己起了个假名，对自己的过去和外貌特征一概不提。她执意要保持匿名。一个到处勾搭男人的女孩，说的话也没有下限，名声肯定不好。但有个人改变了这一切。

在今天发行的《ELLE》时尚杂志里，有一篇跨页的文章专门报道了她：《独家新闻：卡米耶——藏在"和 80 个帅哥环游世界"博客后面的作者》。里面不仅引用了她的博客，提到了她的名字，而且还配上了她和不同男人在一起的照片。卡米耶在埃迪的怀抱里，卡米耶在沙滩上被爱德华多压在身下，卡米耶和让－吕克手牵手，卡米耶和迈克拥吻。

"这不可能啊！"安娜尖声惊叫道。

"他们怎么会有这些照片？"玛丽问，"他们怎么会知道你是谁？"

卡米耶摇摇头。

"我也不知道，但现在事情就是这样了。我被人挖出来了，所有人都在谈论我，几乎快成今天的头条新闻了。你们再看看这个。"

玛丽和安娜看向屏幕。卡米耶依次打开相片、评论和文章。到处都是她，各路媒体从各种角度，以各种方式报道她的事情。《ELLE》上的文章迅速被转发，社交网络上分享的尽是各种她的照片的截屏图片。一个新闻网站甚至发表了她整容前的样子，以及阿尔诺——她的前男友——的一个采访："我一直都觉得她很奇怪。"随后便介绍起自己刚开设的一家代理商店。

　　玛丽摸摸她的肩膀安抚她。

　　"你还好吗，我的小乖乖？"

　　"嗯，还行吧。我的手机一直响个不停，但我会处理好的。再说了，我又没杀什么人，对吧？不过我得缓一缓再去听我爸爸的留言，我不敢回复他。"

　　安娜站起身走到咖啡机旁，她很少这么气愤。

　　"干这件事的人真是个浑蛋，你应该去告他。他们没有权利在不经过你允许的情况下擅自公开你的相片，这是禁止的！"

　　"我不知道。我想我宁可着手去处理别的事情，避开这些骚扰。反正事情最后会平息下来的，他们很快就会去关注别的事情。"

　　"你按自己的方式来，我们无论如何都支持你。"玛丽说。

　　"对了，这还没完。我收到朱利安的一条短信，告诉我说他很失望。他从来没想过我会是这样的人，他还以为我是个乖乖女呢。"

　　"哦，不会吧！"安娜又尖叫一声，"我可怜的孩子，真是太可怕了……"

　　"我想说的不仅仅是这个，"卡米耶回道，"正好，我想说的第二件事就是这个。我对他的短信无动于衷，什么感觉都没有，心里甚至连一点刺痛、羞愧都完全感受不到。我一点都不在乎。"

玛丽和安娜彼此投去疑惑不解的眼神。

"另外，"她继续说下去，"我好像再也不会对任何男人有感觉了。上次在新加坡和伊桑亲嘴时，我差点吐了出来。不过，我还是得跟你们讲，他的身材特别棒。"

"你发生什么事了？"玛丽问，"你病了吗？"

"没有，比这个还糟糕，我觉得我喜欢上别人了。我没办法把威廉从脑海里赶出去，每时每刻都在想他。我们在一起的时候一切都那么自然，好像上天注定……"

"唉！"安娜叹口气，"这就有点复杂了，他住在世界的另一头啊！你可能只是一次心动而已？"

"也许吧。总而言之，要等到这事过去之后再说，真是太傻了。好啦，以上就是我要告诉你们的事情。这就是人们所说的狗屎的一天吧。"

玛丽站起来，拉起卡米耶的手。

"这不还没到中午呢，这么早就垂头丧气可不好。来，站起来！我们来试着改变改变今天的运程走势。"

卡米耶就任由她把自己拉起来。

"真庆幸有你们在这儿陪着我！"

如果没有朋友，她这一天很有可能就会躺在床上胡思乱想。真是不可思议，她们之间的关系也才建立两个多月而已。玛丽和安娜变得比她在波尔多的朋友还要重要。玛丽像是一个大姐姐，而安娜则让她想起了自己的母亲。

"对啊，我们能遇见彼此真是太好了！"玛丽回应道。

当她第一天在飞机上遇到这个手忙脚乱的老太太，接着又在晚餐上碰见这个极其重色的女孩时，她完全没有意识到一段友谊就这样开始了。如今，安娜和卡米耶已然成为她生命里至关重要的一员。并且她也清楚，这段友谊不会随着她们回到法国而结束。

"一支完美的队伍！"安娜也表示赞同。

她有很多伙伴。可是玛丽和卡米耶，她们俩是真正意义上的朋友。是那种你可以倾诉一切，而不必担心被评判，欣然接受你方方面面的朋友。她们就是喜欢你现在的样子，因此没必要去扮演什么角色。这可真巧，她也同样喜欢她们现在的样子。

卡米耶笑着站起身，决心要改变今天的心情。她还不知道，这将是她们能在一起的为数不多的最后一段日子了。

Part 4

她从原本一眼望穿的生活中逃离出来，出发寻找别的
道路，最后她却找到了比这更多的东西。

52

　　天堂是存在的，它就在普吉岛上。傍晚时分，玛丽、安娜和卡米耶徜徉在沙滩上。细细的沙子渗进脚趾缝间，她们赞叹着眼前海水的颜色，还一度以为那是旅行社虚构出来的。这处泰国的景点如同现实中的梦境般美妙。这天早上，玛丽和卡米耶坐到了大象背上（其间安娜负责拍照，并且不停地喊"天哪，天哪，你们吓到我了"），然后三人去岛上香火最旺的查龙寺观看了一场拜神仪式，接着又乘船在山间和红树林里游玩，还去了周边几座迷人的岛屿。

　　"我的同事曾经跟我说泰国美不胜收，但我当时想象不到会美成这个样子，"安娜说，"我可以一直在这里生活下去。"

　　"我也是，我觉得我从来没见过这么美丽的景色，"玛丽完全认同，"不过我还是更喜欢别的城市的气氛，比如悉尼。"

卡米耶嗤笑一声。

"是啊，是啊，我们都知道你喜欢悉尼……尤其是坐直升机那一段，对吧？"

"我也懂了，"安娜也笑了，"我呢，我是第一次产生这样的体会。我有种感觉，在这个地方，什么都有可能发生。"

最后，在蓝绿色的水中泡了一阵子之后，她们三人乘公交车回去，路上一直都在争论晚饭去哪家餐厅吃。快到饭点了，乘客们都蜂拥回到邮轮上。

快走到舷梯时，安娜突然尖叫一声，手一松，包也掉到了地上。相隔几米远处，一个男人站在那儿，微笑着注视她——是她的多米尼克。

53

安娜想象过一切可能的场景。

她曾经想过多米尼克会趁她离家期间，悄悄回到公寓这种可能性，等到她旅行结束回来时，他便能像什么事都没发生似的欢迎她回家。

她也想过他拿着一束槲寄生在机场等她，然后他们会在树枝底下拥抱热吻。

后来她不禁开始设想万一他不回来了，一切真的都结束了。

在那些心情沮丧到极点的日子里，她甚至还想过把公寓还给他，他会回到原来的地方，而自己和毛毛则在一间逼仄狭小的单间公寓里过完余生。

但眼前这种可能性，安娜做梦都不曾想到。妄想他的身影出现在邮轮边上，她还没傻到这种地步。她现在六神无主，心脏快要从喉咙里跳出来，脸上烧得滚烫，双腿不由自主地向前走去。

"安娜，好久不见。"他说着把她拉进怀抱。

她在他的怀里停了许久，闻着这股她如此喜爱的气息，紧紧抱着这个她以为再也触碰不到的人。她不知道他为什么会在这儿，但既然他这样长途跋涉过来，肯定不是为了一刀两断。

"我们可以聊一聊吗？"他牵着她离开人群。

玛丽和卡米耶手挽着手，望着她们的朋友迈向她的未来，兴奋得叽叽喳喳讨论起来。

多米尼克坐在码头入口的长椅上，安娜也一并坐下来。两人聊起各自的近况，但在好几分钟里，他们都只敢说些无关痛痒的事情，不敢触及更深的话题。最后是多米尼克先开的口：

"你的明信片我都收到了。"

"我还没写完呢，还剩几张。"

"我知道，我看懂其中的意思了……"

安娜紧张得心都提到了嗓子眼。她觉得自己还没来得及了解他过来的理由，就已经吓得要心脏病发了。

"所以呢？"

"所以我没办法等到三个星期后才告诉你答案。"

他站起来，从裤袋里掏出一个小盒子，在安娜的面前打开来。里面是一个绕成戒指状的丝带，放在缎面的小垫子上。

"我愿意，亲爱的，我愿意与你结为夫妇！"他说。

心脏病可以晚点再发作了。安娜一下投入未婚夫的怀抱，忍不住哽咽起来。多米尼克抚摸着她的背，自己也把脸埋进她的颈窝。在上层甲板上，玛丽和卡米耶透过望远镜观察着他们俩，此刻高兴得手舞足蹈。

54

安娜和多米尼克坐在椅子上聊了快两小时了。她跟他讲述几个月来没有他在身边的生活，而他则向她解释自己离开的原因。

他一直都认为他们会白头偕老的，会在某一天，一边用小勺子给对方喂汤，一边回忆着以前幸福的日子。然而前阵子，他一度需要她的帮助，她却没有给予支持，于是他的信念就产生了动摇。

当她向他坦白那晚和同事在一起庆祝时，他再也忍受不了了。他需要去重新确认自己是否仍愿与她共度余生，而且她也有必要去确认这件事情。于是，为了能够好好思考这个问题，他把自己给孤立起来，以防彼此仍被幻觉所迷惑，以及避免出于惯性而非依赖直觉来做决定。假如其间他们并不彼此想念，那么他们的故事就此结束也是理所当然。毕竟多米尼克对谎言恨之入骨，他根本无法靠自欺欺人生活。

刚分开后才没多久，他就开始想她了。他费了好大劲才逼自己继续去反思这个问题。他既没有回她电话，收到短信看都不看一眼就直接删除，也从来没听过她的语音信息，至于时不时寄来的信件就更不曾打开了。他断绝了一切来往。

但不久后，他就知道这个问题的答案了。他和一个美国的老客户打电话，却得知对方刚刚在一场车祸中失去了妻子。那个客户向他倾诉自己的痛苦，告诉他整个内心霎时被空虚所占据，但让多米尼克感触最深的是对方深深悔恨的话语。在不知不觉间，那人虚度了许多光阴，而这些时间他本来可以和林赛待在一起，却用到了别的事情上，因为他从来不曾意识到，故事真的会在某一天戛然而止。如果能和他的妻子多在一起一分一秒，他甚至可以付出一切。

多米尼克默默地听着。然后这个客户向他提了一个问题，他是否也遇到过这样的爱情，生命当中的每一分每一秒都只想与对方在一起，并且没有一丝一毫的动摇？他不假思索便回答了是。而这是发生在昨天的事情。

他一挂断电话，就立马取消了所有的工作会议，一路赶回公寓想要见到安娜。然而屋里百叶窗紧闭着，猫也不在，门边的小桌上信件堆成一座小山。邻居三言两语跟他解释了事情的始末。

安娜乘船去环游世界了，她几天前打过电话，说是快要到泰国了。他折回家里打开全部信封，花了好一阵子才把顺序给理对。

而当隐藏的信息最终呈现在眼前时，他满怀感动地喜极而泣。他从银行账单和网上查到了邮轮的相关信息，剩下的就是订一张去普吉岛的机票以及找到一条白色的丝带。

安娜已经控制不了自己的情绪了。她前一秒还在哭，下一秒却又笑了出来。

"亲爱的，我太幸福了……"她欣赏着无名指上的丝带。

"我也是。之前让你受委屈了，对不起。"

"我明白你的苦衷，我也不是完全没有错。不过把过去这段往事给忘了吧，你已经回到我身边了……我真的以为再也见不到你了！你把我的银行卡注销的时候，我还想着一切都结束了呢。”

多米尼克不解地抬了抬眉头。

“你说什么？我从来没有注销过你的银行卡啊！”

“真的？可是我刷不了卡，又身无分文，甚至把那条玉石项链给卖出去了……”

“我跟你发誓我什么都没做！你确定不是银行卡到期了？”

安娜的脸唰地变白了。

“我觉得不是，我当时应该检查过的。”

她说着便把包拿过来，从钱包里取出夹在里面的银行卡。

“所以有效期直到……见鬼，我真是傻透了！我简直都不敢相信！原来是卡失效了，我居然没想到这一点上。”

多米尼克微笑着摇摇头。

“见到你我真开心！”

“那我就更开心了！你早就应该回到我身边来了！”

玛丽和卡米耶躺在上层甲板的躺椅上吸着烟。她们没跟安娜一起吃晚餐，因此着急地等着她赶紧回来讲讲后续的发展。

安娜过来和她们会合，在玛丽的躺椅边上坐下。

“你们好呀，亲爱的姑娘们。”

“怎么样了？”她们俩异口同声地问道。

“我们准备结婚了！”

两人装作不知情的样子，欢呼着站起身。安娜也跟着站起来，伸手抱住了她们俩。

"我真的是太幸福了，姑娘们……"

"太好了，你完全值得啊……"玛丽回应道。

"好了，我们要听前前后后所有细节！"卡米耶说。

安娜把事情全部告诉了她们。从怀疑、理清思绪的必要，到思念、经历丧事的客户、顿悟，最后是求婚以及过期的银行卡。

她不停地咯咯笑，说话语速也很快，整个人都欣欣然。另外两人听故事入了神，不时尖叫一声、拍拍手或者大笑不止。临近半夜了，她们才感觉到困意爬上眼皮。玛丽先站起来。

"行，那我先去睡了。明天，我们得为此好好庆祝一番！"

安娜垂下了头。

"可能庆祝不了……"

"为什么？"卡米耶问。

"对不起，姑娘们，可是我得和多米尼克在一起待着。他当然不介意我继续乘船旅行，不过我们已经太久没有在一起了。明天黎明邮轮就会起锚开船，所以我今晚就得离开了。我们接下来会在普吉岛再玩几天。我之前还跟你们说过我在这里感觉很自在来着……"

玛丽觉得喉咙一紧，卡米耶拼命咬紧嘴唇，不让自己哭出来。

"我们会很想你的，"玛丽说，"但无论如何，这对你来说都是个天大的好消息！"

"话说多米尼克就不能藏在你的房间里吗？"卡米耶问道，"没有人会发现的，我们每天给他送吃的！"

安娜勉强笑了一下。

"不行，我真的要离开了……"

55

玛丽和卡米耶过来帮安娜收拾行李。玛丽一直抿嘴笑着，依次叠好蓝色的亚麻布衬衫、黄色的亚麻布衬衫、白色的亚麻布衬衫、黑色的弹性窄脚裤、灰色的弹性窄脚裤、米色的弹性窄脚裤、海军蓝的弹性窄脚裤、蓝色的无袖长裙、黑色的无袖长裙……其间卡米耶试着讲了几个笑话，不过大家都笑得很勉强。她们的心思都不在这上面。她们会重逢，这当然毋庸置疑，只不过到那时一切都不一样了。

卡米耶去盥洗室里，准备帮忙收拾各种护肤品。

"老天爷，你是在开丝芙兰化妆品店吧！卸妆油、洁面泡沫、爽肤水、成熟肌肤面部精华、抗皱日霜、修复夜霜、去皱眼霜、去皱面膜、紧致颈霜、提拉塑颜面霜……快承认吧，其实你已经有一百岁了！"

"准确来说，是一百四十六岁。不过你别告诉别人，这可是个秘密。"

"我会很想你的，老婆婆。"

安娜微微一笑，走到床边。

"我把我的一个小玩意送给你留作纪念，"她说着掀起了被子，"我再也不需要毛毛了。"

她把毛绒玩具递给卡米耶。

"它的使命是陪伴那些孤单的人。玛丽已经有一个布列塔尼人了，而你还有毛毛做伴。"

玛丽乐得笑出声来。卡米耶接过毛绒玩具，上下左右都打量了一番。

"毛毛还是挺可爱的，可是它会振动吗？"

她们三人在码头上互相拥抱了许久，彼此承诺以后一定尽早再见。玛丽第一个先崩溃了。她的下巴不住地颤抖，尽管用力忍住，但眼泪还是溢了出来。几分钟后，三人就跟小孩子一样哇哇大哭。

从今晚开始，冒险就成了回忆。然而，真好。

56

玛丽和卡米耶在阿米斯塔德餐厅吃饭，这是她们第一次见面的地方。玛莲娜和她们一起，而乔治则回到房间里休息去了。安娜离开邮轮已经两天了，但她们聊天时还是一直提到她。

"我当然为她感到高兴，"卡米耶嘴里边嚼着面包边说道，"但我还是想她，就是这么简单。"

"我也很想她，"玛丽也回应道，"我没想到会这么难过的，但必须得说她现在很幸福。再说了，我们也约好了尽快再碰面的！"

"对你们来说，这的确很容易，可是我在波尔多啊！说到底也不是什么难事。就跟你说的一样，最重要的是，她和多米尼克和好了。到了她那么大的岁数，要再找一个人可得费好大劲。"

玛莲娜蹙了蹙眉头，放下叉子。

"喂，小姑娘，你是在暗示说爱情只属于年轻人吗？"

"嗯，也没必要抱太大的幻想吧，就跟找工作一样：年纪越小越容易找到！"

"小姐，您要知道，爱情是不限年龄的。如果我跟您有同样想法的话，那我的心灵如今早就干涸了。皱纹不能成为感情的阻碍。我今年八十岁了，但我在乔治的怀里，还是觉得自己像个少女一样。身体会改变，但感情不会。"

玛丽和卡米耶心悦诚服地看着她。

"我不是在跟你们痴人说梦，"老太太继续说下去，"这是事实。罗歇和我直到生命的最后一刻都是深深相爱的。我当时想和他一起走，但上帝自有安排。我曾以为自己永远不会从悲伤中走出来，剩下活着的时间就等着和他重逢了。"

"您当时还想过重新找一个伴吗？"

"怎么可能！跟你们说吧，我那时也觉得我这个年龄不可能了。但我可以向你们保证一件事情：那就是我心里真的就像有只小鹿在乱撞。我知道罗歇一直在照顾着我，看见我幸福他也会放下心来。相信我的话吧，爱情在任何年龄、任何地方都有可能发生，甚至在我们完全没有这方面的打算的时候。如果这时把它拒之门外就太可惜了。既然我们所有人最后都会去到同一个地方，那就不如让旅途快乐一点。"

玛丽躺在床上等着睡意来临，忽然又想起了玛莲娜说的话。她也不愿自己的内心变得干涸。

鲁道夫令她无论对男人还是对情侣关系都感到厌恶，他几乎让她相信爱情无非言情剧导演编出来的谎言而已。

然后洛伊克带着他的酒窝进入了她的世界。那张她用来包裹自己内心的气泡膜也一点点地裂开来。她试图说服自己往相反的方向去想，甚至逼自己去相信，却徒劳无功，毕竟他们之间的确发生了什么。

她热得浑身发烫，便一把扯下盖在身上的被单，从床上走下来。得赶在改变主意之前行动。她迅速套上一条薄裙子，穿上一双平底人字拖，悄悄把门给带上后便离开了房间。

她没有揿开走廊灯，借助安全通道的指示灯才得以确认自己所在的方位，所以应该不会有人看见她。她摸着墙壁，沿着楼梯来到了 B 栈桥上，最后停在 810 房门前。从电梯那儿传来了阵阵笑声，她得加快速度才行。她深吸一口气，敲了敲门。

洛伊克裸着上半身，眼神因为困意而蒙蒙眬眬的。玛丽一个字都没说就一下冲进昏暗的房间里头。他什么都没问，因为他知道原因。他站到她的对面，抚摸她的脸颊，从指尖感受到一阵战栗。

他的手缓慢地落到她的肩膀上，轻轻摘掉了裙子细细的肩带。然后是另一条肩带。衣服一路滑到了玛丽的脚边。

他一言不发地凝视着她的身体，把她拉过来，一直深深地盯着她不放。他们互相注视了很久，听着彼此的加速呼吸，感受到各自的欲望急遽上升，然后她先吻上来，满怀激情地抱住他。

她用力地紧紧贴着他的身体，指甲几乎快要嵌入他的后背。

他温柔地把她转过去面对着墙，拢起她的头发轻咬她的颈背，双手抚摸着她的胸部。她挺起胸来，感到两腿发抖快站不住，便往床边靠近。

他让她趴在床上，一边从上到下吻遍了背部，一边把手伸到了大腿之间。当他把她的内裤脱下来时，她连忙用被子遮住了脸，捂住口中发出的呻吟声。

57

一阵令人压抑的沉默弥漫在安热莉克的房间里。玛丽和她看着眼前这诡异的一幕。亚尼低头坐在沙发上,卡米耶交叉手臂站在他面前。

"你倒是说啊,我等着。"她突然咆哮一声。

那天开始时一切都还好好的。快抵达迪拜时,气温明显下降了几摄氏度,玛丽和卡米耶便决定去邮轮上的健身房试一下。在回房间的路上,她们碰到了安热莉克,对方正从自己位于走廊另一头的房间里走出来。

三人随便聊了会儿天,她还特意感谢玛丽和卡米耶特意制造了些机会,好让她和亚尼拉近关系。她提到他的名字时,眼睛里都闪着星星,另外两人也为自己多少促成了一段姻缘而感到高兴。

然后她无意间说起一件事情,顿时让卡米耶像体内放电一般瞬间爆发了。

"我相信你们会帮我保密的,我们俩相处得特别融洽。我们有一模一样的兴趣爱好……而且他人也非常好,我很喜欢他。"

"那就太好了!"玛丽说,"你们还会再见面吗?"

"我不知道,我还没计划好。他在巴黎工作,而我的家在图卢兹……"

"或许他可以申请调动,"卡米耶说,"他干什么工作的?"

安热莉克昂起了头,显然十分为他感到骄傲。

"他是《ELLE》杂志的记者。"

卡米耶俯身瞪着亚尼,仍然无法息怒。

"你就承认吧，说谎也没有用。我知道你就是那篇破文章的幕后黑手！"

他长长地叹了口气。

"OK，我承认。"

"可是你为什么要这么做呢？"她大声嚷道，"浑蛋，你知道你给我的生活造成多大的影响吗？"

"不知道，我也没有想过，我只是在做我的本职工作而已。"

"我一下子就成了整个法国最臭名昭著的骚娘们，我爸从早到晚接到各种色狼打来的电话，这一切都是因为你在做你的本职工作。你的工作内容到底是什么，说来听听？是摧毁别人的生活吗？"

亚尼烦恼得双手插进头发里。

"噢，我想起来了！"她接着又说，"是你来过我的房间！这一切都解释得通了！"

他点点头承认了。

"我发现了一个不错的主题，我就跟进了。一开始，我来这儿只是为了写一篇关于'一个人环游世界'主题邮轮的报道。我的同事听说了你的博客之后，立马就想到你跟我在同一艘船上，他们就让我来调查你。我读了你的博客，你几乎没留下什么线索，不过那些日期和国家都符合邮轮的航线。我只需要从一堆乘客里把作者找出来就行了。我在利蒙港那儿看到你和一个当地人抱在一起，当时就有点怀疑了。然后等到了圣卢卡斯角的时候，见到你又跟那个海豚训练员在一块，我就确定了……"

"你真是卑鄙无耻！"她声嘶力竭地喊道，"你把我的个人照片公之于众，却连一点内疚的样子都没有。"

他摇了摇头。

"我之前没有想那么多，非常抱歉。现在你跟我说了这么多，我当然知道事情有多严重了。但早晚都会有人发现的，所有人都在拼命挖掘这个秘密。"

"但并不是所有人手里都有我和陌生人舌吻的照片！而且我当时真的以为你到处跟着我是因为喜欢……臭小子……你其实还没到二十岁对吧？"

"过了，我二十五岁了。"

卡米耶坐到床上，用手捂住脸。

"我向你道歉，"亚尼说，"发自内心地道歉。我并不想给你造成这么大的痛苦。我只是想到说爆出这个新闻能引起轰动而已，没有别的意思。"

"OK。总之，事已至此，我的名声算是毁了。我现在只能一直恨你到死。"

"我能做些什么来补救吗？"

她冷笑一声。

"除了一台时光机送你回去把所有内容都给删干净，我真不知道你还能做什么了……"

玛丽走到亚尼身边。

"我真想打到你满地找牙，可我觉得你或许还有点用。既然你想要赎罪，我倒是有个主意……"

58

"我给威廉打电话了。"

卡米耶和玛丽一起在阳台上吃早餐。

"你不是开玩笑吧？"玛丽说着把一小片圆面包浸到热可可里，"你怎么突然想到来这么一出？"

卡米耶把事情的缘由解释了一遍。

她是听到玛莲娜那一番话之后决定的。"既然我们所有人最后都会去到同一个地方，那就不如让旅途快乐一点。"从那天晚上开始，她的脑海里就不停重复这句话。她必须得给他打个电话。虽然可能什么结果也没有，但是至少她不会再后悔。

她在手机里存了所有追到手的男人的号码。在威廉的名字旁边，她还加了一个两眼冒红心的表情符号。当她拨出电话时，双手忍不住发抖。可能他都不记得她了，也可能他会感到烦恼。

"结果呢？"玛丽问。

"结果他一直在等着我打电话给他。"

威廉几乎和她处于同样的状态。他非但无法忘记她，而且还非常想重新见到她。他为了知道她的全名，甚至还给船长打了电话。当然没有任何收获。他唯一拥有的关于她的东西，只有一张照片、她的名字和一张她在餐巾纸上随手涂抹的素描。

"他甚至还计划去波尔多，想着也许能碰到我。这真是让我松了一大口气。我知道在他身上也发生过什么事情，不过我从来都没想到会是现在这样！我简直就像在做梦……"

玛丽听完忍不住拍了拍手，脸上满是喜悦之情。

"我真为你感到高兴！你接下来打算怎么做？"

"没有任何头绪，"卡米耶点燃一根烟说，"我并不觉得自己会因为一个刚认识没多久的男人就抛弃一切。但同时，我也没办法当他不存在似的继续原来的生活，所以等我回去再做决定吧。"

"对的，就是这样才对，你还有好几周的时间能好好思考，然后再做决定！"

"是啊，不过有一件事情是肯定的：找男人这件事到此结束啦。我的私密部位现在是私人的狩猎场了。"

"你说的这句话真是优美……你应该去写诗的。"

她们同时大笑起来。这趟邮轮之旅就仿佛是一个圣诞倒数日历。每一天，都有一个新的惊喜在窗外等候着。下一个惊喜赶快来吧。

59

哈利法塔是世界第一高塔。玛丽、卡米耶和其他游客一同从离地将近一千米的高度俯瞰三百六十度的壮观全景，引人入胜的迪拜美景从脚下延伸出去。在老城区的中心，高楼大厦赛跑似的伸向天空，最高的那些甚至高耸入云。四周散布着蓝色的游泳池和绿色的公园，嵌在浅褐色的城市表面。几公里外，仿照世界各大洲形状所建造的世界岛漂浮在海岸边上，三十座人工岛屿象征着整个世界。

卡米耶收回目光，不再眺望远景。

"据说当中一座岛的主人是布拉德·皮特，"她哈哈大笑起来，"早知道我就该让乔治介绍我们俩认识一下的！"

"你是指佩德罗吧，"玛丽也笑了，"好啦，我要下去了，这儿对我来说有点太高了，我觉得安娜把恐高症传染给我了。"

"我也是，底下的建筑都有点看不清楚了，就跟蚂蚁窝似的，我觉得自己特别渺小。"

玛丽经过洛伊克时瞥了他一眼，而他也朝她眨了一下眼睛。弗朗赛斯卡在他身边寸步不离。在之前停靠的几个港口城市，玛丽曾看到她租车自驾或者搭出租车，便由此推测她是个独行侠。显然，这位独行侠目前在找一匹坐骑，她就差把"带上我"这三个字刻在脑门上了。她费尽心机让自己的胸部随时随地都出现在洛伊克的视线范围以内，有点像是超市把最赚钱的水果给摆出来。而他也在想方设法告诉她自己对外面的风景更感兴趣，但她似乎单方面决定了他必须屈服。玛丽走进电梯时忍不住抿嘴笑了笑。今晚，是她要和他上床。

她天生不是个小心眼的人。跟鲁道夫在一起，她更没必要去嫉妒别人。因为他憎恨不忠诚的人，如果谁在家以外的地方寻欢作乐，那他将会是第一个去批斗的人。她曾经是这么认为的，直到发现，家只不过是他在外花天酒地之后稍作休憩的地方。

刚开始她每天都以泪洗面，到后来她就麻木了。她在他身上闻到过各种香水的味道，木香调、花香调、龙涎香的，也找到过各种各样的头发，金色的、褐色的、短的、长的、卷的、直的，还看到过各种口红印，珠光的、裸色的、暗红色的。她读过那些她自己也想收到的短信，她听过自己不愿意听到的对话。她感到疲惫、失望，却从来没有嫉妒过，而且她永远也不会去嫉妒。

大巴载着游客去往沙漠之旅的出发地点，玛丽坐到了卡米耶的旁边，而弗朗赛斯卡硬是跨过了洛伊克在他身旁落座。卡米耶正准备破口大骂，她的手机却突然振动起来，从电话另一头意外地传来安娜兴高采烈的声音。她们的耳朵紧紧贴着手机，生怕漏掉一个字。

"姑娘们，我真想你们啊！"安娜边笑边说。

"我也是啊！"卡米耶咕哝道。

"我听不大清，你们在干什么呢？"

"我们在车上，讲话不能太大声，"玛丽轻声说道，"你能晚点再给我们打电话吗？"

"不行，我等会儿要和多米尼克去沙滩，我不准备带手机过去。我只是想第一个告诉你们，我们俩8月14号在巴黎举行婚礼。"

"哇！"卡米耶欢呼道。

玛丽做手势让她小声一点。安娜继续说：

"我打电话是想问你们愿不愿意做我的证婚人。"

"愿意，愿意，愿意！"玛丽激动得一下子站起来。

车上所有人都回头看她们。弗朗赛斯卡不知在跟洛伊克耳语什么，导游把食指放到嘴边说着"嘘"。卡米耶连忙把手机藏到大腿底下，玛丽立马装出一副严肃的表情。但在心里头，她们俩都高兴得直打滚。

60

"我开始有点喜欢上我们的秘密约会了。"洛伊克轻声说。

两人一丝不挂地躺在玛丽的床上，一半身体盖在被子底下，正慢慢地从激情中恢复平静。

玛丽想说她也有同样的想法，她也开始喜欢上这样的约会，甚至可以说是非常喜欢。她想向他倾诉，自己白天如何想念他，如何迫不及待地等待夜晚到来。但她什么都没说。她这样说的话会让他害怕的，同时也会让自己害怕。她再也不是十五岁了，对他们的关系也有清楚的认识。这只是一段插曲，只在邮轮上存在，并且会随着他们下船而结束。

她伸了伸懒腰，转过身来面对他。

"小心点，你可别上瘾了。我警告你，突然分开就像婴儿断奶一样，是会很痛苦的。"

他把她紧紧抱入怀中。

"我很享受和你在一起的时间……"

玛丽不让自己回答他的话。不能说"我也是"，千万不能说"我也是"，绝对不能说"我也是"。

"你还好吗？"他问。

"很好啊。"她把头埋进他的颈项间。

"我能问你一个问题吗？"

"当然。"

"你觉得内疚吗？"

她抬起头来，不禁笑出了声。

"我看起来很内疚吗？"

"没有就好，我只是想知道而已，听到你说没有我就放心了。"

她的确有可能会内疚自责。首先，她违背了不再让任何男人靠近自己的承诺。其次，从法律层面来说，她还是已婚的。可她完全没有这种感觉。关于鲁道夫的事情一切都很明了了，况且她也不在乎有没有背叛自己。

"你呢，你内疚吗？"

话说出口的瞬间她就后悔了。他叹了口气。

"有点吧。有时，我觉得自己背叛了诺文。不过我想这是正常的……从我和她认识那天起，我就没碰过别的女人了。"

"我明白……"

"但我知道我没有做错什么。而且，这不是我所能控制的，我根本没办法把你推开。这也可能是为什么一开始我那么针对你，我当时大概察觉到了危险。"

她摸摸他的脸颊，他再次将她抱紧。

玛莲娜那天晚上言之凿凿地说爱情可以在任何年龄发生，她是对的，可是各个年龄阶段的爱情并不一样。二十岁的爱情是无条件的、不理智的、热情洋溢的。人们以为它会永恒，从不曾设想有一天爱情会消逝。这份笃定深入骨髓，诺言和人生规划也混杂在一起。她还记得在婚礼上婆婆对她说，好好享受现在无忧无虑的日子吧，毕竟它不会永远持续下去。玛丽当时觉得婆婆太过悲观，还在心里发誓说要证明给对方看这句话说错了。她一直提醒自己不要对女儿说出这样的箴言。然而，她不得不承认婆婆说的话没有错。四十岁的爱情要比二十岁的爱情保守得多，并且更加理智、更加谨慎。

可她还是更喜欢以前，眼里根本没有所谓的束缚。她真希望自己还能够完全无拘无束地生活。"我把我所知道的一切都告诉你，我所值得的一切都给你，包括我的缺点、最好的运气、与众不同的地方，都一一展示给你。"她曾经这样在鲁道夫的耳边哼唱道。今天，一切都不同了，她成了深谙爱情真理的一员。

洛伊克突然站起身走到阳台上。他在经过电视机时，注意到了柜子上面放着一个白色的盒子。盒子没有盖好，里面的东西露了出来。

"一盒抗抑郁的药，对吗？"他一本正经地问道。

"对的，我承认我做错了。不过我发誓，我只在绝对需要的时候才吃的！"玛丽说着便举起右手伸出三根手指。

"我知道其中一种特别有效，名叫《真爱至上》，"他的语气像是在透露一个秘密，"不过当心点，你要按剂量服用，它的效果立竿见影。"

"我很清楚，我抑郁复发严重的时候就服用一些。"

"对我来说比较见效的是《心灵捕手》，完全没有副作用，药效不太强烈，但能保证微笑，这种药很不错。"

"盒子里正好就有这个！你想我们一起服用一小粒吗？"

"虽然我们现在并没有什么抑郁的症状，不过对于《心灵捕手》，我们总是来者不拒嘛。"他从盒子里拿出 DVD，玛丽从床上坐起来，给予热烈的掌声。

或许说到底，她也没有那么老吧。

洛伊克蜷缩着身子靠在玛丽旁边，看着他最爱的电影之一，几乎忘掉了周围的一切。甚至忘了不能睡着，必须要赶在日出前偷偷回到他自己的房间里。

61

雾笛声让玛丽和洛伊克从睡梦中醒过来。外面传来的各种声响明明白白地告诉他们：栈桥上已经人来人往了，他要不引人注目地回到自己的房间很困难。与其手忙脚乱，他们俩选择慢条斯理地起床。这是第一个属于二人世界的早晨。

玛丽睡得很好。跟丈夫在一起时，情况则相反。他的睡眠很浅，以至于她动都不敢动，生怕吵醒他，然后听到一阵抱怨。早上起来后，他对自己的隐私从不加掩饰，就敞着门上厕所。鲁道夫这人真是喜欢分享。

洛伊克松开抱着玛丽的双手，从床上站起来，飞快地套上一条衬裤。外面，马斯喀特港口离得越来越近了，仿佛张开双手欢迎邮轮。

"玛丽，快过来看，太美了！"他叫道。

一座巨大的香炉建在嶙峋的山顶上，俯视着下面的码头。

玛丽迅速穿上一件洛伊克的 T 恤，走到阳台上和洛伊克站在一起。

"是啊，就跟一个飞碟一样。"

洛伊克听了扑哧笑出来，玛丽也跟着一道笑起来。她贴在洛伊克的背上，双手环住他的腰。他笑得停不下来，然而玛丽的笑话根本没那么好笑。他过去几周的烦恼在此刻都伴着欢笑声飞远了。突然，他的笑声噎住了，因为弗朗赛斯科只刚刚从栏杆的另一侧伸出头来。她朝另外两人投了意味深长的一眼，随后便消失了。他们俩顿时吓得愣在原地。

"你觉得她看到什么了吗？"玛丽低声问道。

"应该是吧，我觉得她看到我们两个抱在一起，而且还衣冠不整。"

她转身回到屋里，一下子坐到床上。

"除非借口说我们在拍隐藏摄像机的节目，故意想要试探她的反应，否则我们就很难脱身了，是吧？"

"还是有机会的。好了，我去洗个澡！"

玛丽等了几分钟，然后脱掉 T 恤，溜进浴室里和洛伊克一块洗热水澡。至少在这儿，没有人能够看见他们。

62

卡米耶从马特拉赫集市上满载而归，她手里拿着各种首饰、衣物、烟灰缸，还有其他东方特色的物品，顺便还证明了自己是一个特别擅长讲价的人。

"我的朋友们会高兴疯的，"她吹嘘道，"他们接下来十年的生日礼物我都准备好了！"

玛丽没她那么疯狂，她只给两个女儿分别买了一条刻了字的手链，另外还买了一个大皮包，好把旅途中买的所有礼物都装进去。

"你给朱利安也买了礼物吗？"

"朱利安是谁？"卡米耶笑着问道，"唔，我想我会在辞职的时候见到他的。不过我才不管呢！"

"这就是所谓的'威廉效应'吧。"

"应该是的。我跟你说过，我们天天都发短信吗？我有种我们认识了很久的感觉。糟糕，我裤袋里的手机响了，你先帮我拿着这个。"

玛丽的怀里瞬间堆起了一座小山。

在电话里，安娜激动得不能自已。米里埃尔给她打了个电话，说是发生了一件十分诡异的事情。昨天，预订的客户一下子暴涨。电话铃声此起彼伏，记者们纷纷打电话到店里想要了解更多的情况。她不知道到底发生了什么事，这真的是空前绝后了。玛丽和卡米耶相视一笑，她们当然知道当中的原因。

亚尼毁了卡米耶的名声，因此欠下一大笔人情债，他坚持想要赎罪。

玛丽建议他写一篇文章把玛娜卡这个牌子大肆赞美一番，而他也的确这样去做了。文章发表在当周的《ELLE》杂志上，里面有一整页都是关于这两位受到全世界追捧的新人设计师，当中再配上由卡米耶设计的个性化图案的毛衣图片，文末是店铺的网址。

"玛丽，你得加把劲了！"安娜接着说道，"不过也别有太大压力，因为米里埃尔把送货时间推迟了。"

玛丽兴奋地尖叫起来。

"疯了，简直疯了！我可能真的能够以爱好为生了……我高兴得都想跳舞了！"

"去吧，等等，别去，"卡米耶突然又阻止她，"你手里的东西可都是易碎品！"

"不管了，我们要发财了！"玛丽假装要把全部东西都扔到空中。

安娜的笑声也通过扬声器传了过来。

"好啦，姑娘们，我先挂电话了。多米尼克等着我呢，他要带我去第一次水肺潜水了。我就让你们自由想象一下，我现在是多么镇定的画面吧。"

吃过晚饭后，玛丽和卡米耶在上层甲板的老地方喝茶。她们凭靠在栏杆上，天马行空尽情想象未来的场景。

她们成了大富豪。玛丽买了一幢全是玻璃的别墅，建在悬崖边上，在岩石里挖一条滑梯直接通到海上。卡米耶则在波尔多的河岸边有一栋两层楼的房子，房顶上摆着一架私人直升机。两人的家里都有一大群用人，他们对亲切的老板都非常感恩（因为她们会在圣诞节送毛衣给用人），而且她们想出去玩的时候就出去玩，还会给亲朋好友送去各种礼物。

"然后我们还得买一艘游轮，这样每年都能在那上面聚会！"玛丽提议道。

"对的，好主意！我们用不到的时候，就把它停在我的车库里，旁边再停一架私人喷气式飞机和一辆加长轿车。"

她们笑得太厉害，以致肚子都痛起来。

"我们还是得好好地谢谢安娜，"玛丽在大笑的间隙吸口气说道，"多亏了她，我们才有这些。把你的手机拿出来，我们给她发条短信吧。"

过了几分钟，她们把短信检查完一遍之后，卡米耶按下了发送键。

安娜：

多亏了你，我们才能买下一架直升机，在悬崖上建一座滑梯。所以，我们想好好地谢谢你。我们决定用收到的第一张支票给你买个很棒的礼物。我们俩讨论了很久，最后终于一致决定好了。

那就是一次蹦极。

希望你能喜欢。

爱你。

63

他们还以为事情就这样过去了。两天前，弗朗赛斯卡撞见他们俩在一起，可之后他们既没有被经理叫去办公室，也没有再碰到她，他们就把这事给忘了。直到她径直冲着他们走过来，嘴角微微翘着不知在打什么鬼主意，玛丽和洛伊克才明白这件事才刚刚开始而已。

时间已过了午夜，上层甲板上四下无人。这对地下情侣趁此机会在上面一起散步，然后再偷偷地到玛丽的房间里幽会。这时意大利女人突然站在他们面前，双手叉着腰。

"哎哟，你们最近怎么样呀？"

"晚上好，弗朗赛斯卡，"洛伊克礼貌地答道，"你还没睡吗？"

她冷笑一声。

"当然没有啦。那么，你们就没有什么话要对我说的吗？"

"我想应该没有吧。"玛丽回答说。

"但是，我看到了一些东西，你们都知道的吧。"

"我们当时也看到你了，不过我们没有任何义务要对你解释什么。"

"我倒觉得很有必要。我在这儿很有影响力的，这事你们应该也听说过。"

洛伊克双手抱臂。

"你到底想干什么？"

"你这不是明知故问嘛。"弗朗赛斯卡抬起半边眉毛回道。

玛丽叹口气。

"行了，我们别玩文字游戏了，"她插嘴道，"你想要什么？"

"跟你一样的东西。"

"你在说什么？"洛伊克问。

意大利女人朝他投去一个迷人的笑容。

"你心知肚明，别装傻了。我喜欢你，但我不懂为什么只有这个红头发的小女人能独占这份便宜。"

玛丽忍不住哈哈大笑。

"你在胡说八道什么啊！你把他当成小白脸了吗？"

"我可没这么说过。虽然，表面上看起来，他喜欢吃肥腻的肉酱，但我更想让他尝一下美味的鹅肝酱。"

"你才是肉酱呢！"玛丽反驳回去，"洛伊克，你跟她说我们已经吃够了。她脑袋完全坏掉了。"

洛伊克一声不吭。

"所以呢？"弗朗赛斯卡坚持自己的主张。

"所以呢？"玛丽跟着重复一遍。

他深吸了一口气。

"好吧。"他一个字一个字用力地说道。

"啊？"玛丽惊叫一声。

"如果这就是她不去揭发我们的代价，那我去和她过上一夜吧。"

玛丽觉得仿佛有一拳重重地打在自己的肚子上，弗朗赛斯卡在一旁幸灾乐祸。

"我可没强迫你，对吧？我从来都不需要去逼别人做什么事……"

"我也没觉得自己是被迫的，"洛伊克几乎无视玛丽，"我一直都不知道自己到底是哪里招你喜欢了……"

"好了，我们走吧。"意大利女人伸出手去挎住洛伊克。

玛丽目送他们远去，惊讶得连一个字都说不出来。她望着弗朗赛斯卡一摇一摆的，把头靠在了洛伊克的肩膀上，而他则伸手抱住了身旁的女人。

她真想吐。

64

玛丽躺在床上，目不转睛地盯着天花板，她还没有从一刻钟前发生在上层甲板的那场闹剧中缓过神来。她真是个傻瓜啊！她本应听从自己内心的劝告，理都不理这个家伙的。他甚至比鲁道夫还要坏，至少鲁道夫没有去装好人。

他居然把她给骗到了。她从来都没有想象过会出现这种情况，他可真是够厉害的。她猛地站起来，正准备把所有他写的信都给撕了时，突然有人过来敲门。洛伊克站在她面前，按住肚子笑个不停。

"我真想你也能看到她现在的脸色！"他边说边走进房间里。

玛丽不知道该说些什么才好，她像被当头打了一棒。

"你还好吗，玛丽？"

"……"

"哦，不是吧，你不会真的以为我是认真的吧？"

"嗯，我的确是这样想的。"

"怎么可能？！你真的觉得我被弗朗赛斯卡给迷倒了？而且我居然敢这样把你给甩了？我只是想给她一点教训而已。"

玛丽感到嗓子眼松开了一点。她想努力挤出一个微笑，却还是做不到。

"当时你看起来超级正经，不像在开玩笑……你起码该提示我一下啊！"

"要表现得让她相信才行啊，她差点就看穿了。不过看到你那副板起脸的样子，她就信以为真了！"

玛丽摇了摇头，嘴角慢慢地浮现出一抹微笑。

"去你的，我可真是丢脸……现在你这样说了，我才觉得当时不可能是真的。"

"可我还是挺伤心的，毕竟你得学会重拾对别人的信任才行。"他把她拉过来抱进怀里。

"所以之后发生了什么？"

"嗯，我们去到她的房间里。当然咯，她大费周章地弄了一大堆玩意儿：端来红酒啦，说一些暗示的话啦，换上暴露的 3D 内衣啦……她没忍多久就朝我扑过来了，我就一直陪她玩到那时候。然后她就靠过来，想要抱我。"

"接下来呢？"

"我就直直地瞪着她，跟她说，我还是宁愿直接跳到大海里被一只水母给蜇死。然后我就走了。"

玛丽难以置信地瞪大眼睛，开怀大笑。

"我差点都觉得对不起她了！"

"那我得提醒你，她可是差点把玛莲娜和乔治都赶下船了。"

"这倒是真的。我觉得，明天就会轮到我们了。"她说着又摇摇头。

"可能吧，"他双手环抱她的脖子，"所以，我们得尽情享受这最后一刻，如果你知道我在说什么的话……"

玛丽向后退一步。

"你是说我顶着一头水母的发型吗？"

65

半夜三点时突然响起了火警警报。玛丽一下子惊醒过来，过了几秒才反应过来为什么她的枕头会有心跳声，作为枕头的洛伊克也睁开了双眼。所有乘客都知道警报响起时该如何行动：他们必须尽快穿上救生衣到上层甲板集合。玛丽迅速套上一条裙子，洛伊克也飞快地穿上牛仔裤。

"我们真是倒大霉了，"他说，"首先，我得先从你这儿离开，而且还得不被任何人发现；其次，我得赶回我的房间里把救生衣给穿上。"

"结果每次都是一个假警报。但是在半夜响，这倒是第一次，"她边说边走到门边，"行，那我先出去，你只需要等个几分钟就行了。"

洛伊克一把抓住她的胳膊。

"喂，你不和我说声再见就先走了吗？"

"再见了，帅哥。刚才挺不错的，作为最后一夜没有遗憾了！"

走廊里人们乱作一团。一张张还没睡醒的脸庞从一件件橙色的救生衣上冒出来，乱哄哄地互相挤着嚷着跑去上层甲板。乘客们在外面等着警报的原因查明后再回到床上。玛丽站在主要入口的附近，这样便能注意到洛伊克的身影。罗丝在她不远处。

"真是太不要脸了！简直太不要脸了！"她反复咕哝道，"这艘邮轮真是越来越了不起了。现在好了，半夜把我们叫起来！"

玛丽刚想回应她时，忽然听到一个熟悉的声音先替她说了。

"你们还在这儿戳着呢？"

卡米耶半眯着双眼，头发乱糟糟的。

"我正梦见威廉呢,"她注意不让自己太大声,"我都快要高潮了,结果这时警报响了。"

罗丝嘟嘟囔囔地说着什么,然后就走远了,卡米耶从鼻子里哼了一声。弗朗赛斯卡在几步远处靠墙站着,在角落里观察着眼前这一幕,嘴角露出一丝微笑。

"我不知道那个女人在笑什么,"玛丽说,"但她这样令我很不适。"

过了二十分钟,洛伊克还是没有出现在上层甲板上。玛丽和卡米耶转了好几圈都没有找到他。阿尔诺德拿着喇叭通知大家这是一次假警报,公司对此深感抱歉,乘客们可以心平气和地回到房间里了。大家都听从指示回去了,虽然只是听从了后半句"回到房间里"这个指示。

玛丽正要跨过门槛时,阿尔诺德上前拦住了她。

"德尚太太,经理有事找您。"

"什么,现在?"

"是的,太太。"

卡米耶停在他们旁边。

"我能陪她去吗?"

"恐怕不能。"

玛丽跟随阿尔诺德走在走廊上,对接下来的事情心里有数。洛伊克从她的房间里走出去的时候肯定被发现了。他们将会被赶下船,然后回到各自的家里。

反正也没必要去反抗什么,因为邮轮经理已经证明过,他是个自打娘胎出来就没有过同理心的人。玛丽已经开始熟悉这间办公室了，但她进去时还是不由得喉咙一紧。

经理坐在自己的座位上，嘴里含着一粒太妃糖。在他的对面坐着灰头土脸的洛伊克和得意扬扬的弗朗赛斯卡。阿尔诺德做了个手势请玛丽坐到他们旁边的一张椅子上，她听话地照做了。

"既然这会儿都大半夜了，我就开门见山地说吧，"经理开了个头，"你们所签署的协议上明确表示这艘邮轮上是禁止情侣的，你们都还记得吧？"

"记得。"玛丽和洛伊克同时答道。

"当警报声响起时，里米尼太太，也就是旁边这位，前来建议我盯着您的房间门。我就听从吩咐看了监视器，走廊上的摄像头传过来的画面暴露了你们之间的秘密。"

玛丽低下头来，这下完蛋了。

"这样看起来，德尚太太以及勒·盖内克先生，在夜里有一段时间你们是一起度过的，并且我听传言说这也不是第一次了。"

"我可以做证。"弗朗赛斯卡说道。

"众所周知，我在规章制度方面一直是令行禁止。但比起违反规则，我更讨厌另一件事情，那就是恶意和要挟。"

他拿起第二颗太妃糖，然后嚼了很久。阿尔诺德站在房间的角落里，努力憋住笑意。洛伊克叹了口气。

"里米尼太太，"经理看着弗朗赛斯卡说道，"从航行一开始，您就利用旅游指南作者的身份来威胁我们。我帮您升了舱，我给您弄到了个人定制的参观项目，我把那个没跟您打招呼的快餐服务员给辞退了，我把一对年迈的老人赶下了船。对于您的各种抱怨，我已经忍了快三个月。"

弗朗赛斯卡猛然从座位上跳起来。

"您怎么敢用这种语气跟我说话？您知道我是谁，我动动手指就可以毁掉您的名声！"

"对啊，您当然可以，但您不会这样做的。"

玛丽和洛伊克互相投去不解的眼神。经理把电脑的屏幕转向他们，虽然画面并不是很清晰，但足够辨认出弗朗赛斯卡的样子，她从房间里出来，走到火警报警器那儿，拿起旁边的小锤子，使劲地敲了一下警报器，然后再次跑回到房间里。

她重重地倒在了椅子上，阿尔诺德差点笑出声来。

"我不知道您为什么要这么做，而且我也不想知道。"经理继续说，"我所知道的是，明天一早您就得下船，自己花钱买票回去，之后还得写一篇关于邮轮的客观的意见。否则，这个视频将会发给您的上司。我说得够清楚了吗？"

"……"

"清楚了吗？"他重复道。

"十分清楚，"她咆哮起来，"离开这艘破船，我简直高兴都来不及！"

弗朗赛斯卡站起来，欠了个身就仰起头大踏步离开了房间。玛丽和洛伊克朝对方笑了笑。

"你们也别高兴得太早，"经理说，"把你们赶下船得花我好大一笔钱，再说航行也快结束了。但我会随时盯着你们，我不能容忍任何越轨的行为，不管您是不是记者。现在你们可以回到自己的房间去了。"

Le premier jour de le reste de ma vie

"非常感谢您，"玛丽离开办公室时说道，"一个喜欢吃糖的人肯定心肠也很好。"

"就跟他的太妃糖一样，"阿尔诺德悄声说，"表面强硬，内心柔软。"

66

"我必须得跟你谈谈。"

卡米耶看起来心烦意乱。她们俩在玛丽的阳台上一边吃早餐，一边欣赏逐渐靠近的亚历山大港的景色。一群海豚跳跃着，欢迎她们到来。

"你突然变得好严肃啊，没什么严重的事吧？"玛丽抿一口热可可问道。

"没有，没有。不过我做了个决定，想要告诉你。"

"你说。"

卡米耶长长地吸了一口气：

"我要去奥克兰找威廉，我想知道我和他是否合适，毕竟我们都不大相信异地恋。"

玛丽把手中的马克杯放下。

"这可是个天大的好消息啊！真希望你能如愿，亲爱的小姑娘……那他怎么想呢？"

"是他坚持要我过去的，他甚至都想来波尔多了。但是出于工作的原因，他要搬过来有点困难。"

"我真为你感到高兴，你的决定是对的！要从现在开始努力。可是你还好吧？你看起来好像压力很大……"

卡米耶清了清嗓子。

"因为我直到最后一刻才告诉你，我之前一直说不出口。我的飞机下午三点就要起飞了。"

"哪天下午？"

"今天。"

"什么？"玛丽惊叫道，"你从亚历山大港就离开了？但这已经是倒数第二个停靠的港口了呀！我们还有三天就回到马赛了！"

"我知道，可是，你了解我的，我不是个耐心的人。我整颗心都在那边了，我没心思欣赏这些风景了。"

"啊，要命，我完全没有任何心理准备。但这毕竟还是一个好消息，真的。只不过我会非常非常想念你的。"

卡米耶的下巴在颤抖。

"好啦，"玛丽说着一把把她抱入怀中，"再说了，我们已经来到终点了，应该好好享受最后在一起的时间才对。至于以后，就由威廉来好好地安慰你吧。"

67

卡米耶很快就把房间里的东西收拾妥当了。她的两个箱子里塞满了行李，脑海里也塞满了回忆。

她们俩一起回忆了一些趣事，好让气氛变得轻松一点：吃海鲜饭时的初遇，安娜在悬崖边上的痛苦表情，患流感时在床上待了一天，在玛丽的阳台上各种大笑……然而泪意还是不断地上涌。卡米耶最后在房里转了一圈，然后坐到床边上。

"等等，我还有最后一件事要做，在邮轮上开始的就得在邮轮上结束。"

她拿着手机，一张一张地把之前捕获到的猎物的照片全部删掉。葡萄牙人、安的列斯人、美国人……所有人都从屏幕以及她的生命中消失了。

"这可真是一段无与伦比的插曲，"她把手机放回包里，"现在，我终于可以扎根下来了。"

阿拉伯堡机场离亚历山大港四十多公里。两人沉默地坐在去往机场的出租车上。为了缓和一下气氛，玛丽想方设法找各种话题，试图告诉卡米耶自己并没有怪罪她，却什么都想不到。于是她不再说话，用力按下喉头的一阵哽咽。没有了安娜，她们的队伍已经有点支离破碎了。而如今，她又变成孤零零一个人。

在三个月前，这的确是她所希望的事情。她一直听信的是"宁可孤独终身，也不愿彼此将就"这样的格言。但和她的朋友在一起时，她才意识到，几个人热热闹闹的，比什么陪伴都更好。

卡米耶始终不敢开口说话。一上飞机，她就可以专心规划未来以及关于威廉的事情。然而此时此刻，她的心情却很沉重。这趟冒险超乎预料地改变了她的生活。她当初只是想休息一下，然后回过头去继续原来的生活；可现在，她竟然要出发前往世界的另一头，去和一个她才认识没多久的男人在一起。她丢掉了工作，然而赢得了朋友。重要的是，她长大了。

她知道对自己来说，离开邮轮会很痛苦，她面对离别总是会不知所措。如果提早离开的话，就能让离别的时间缩短一点。可是离愁还是找准时机钻进了她的行李箱，一路跟随着她。

出租车停在了机场前面。玛丽握住卡米耶的手。

"没事的，我们很快就会见面的，在婚礼上！"

卡米耶把另一只手伸到包里。

"对了，说到婚礼，现在这个东西归你了。瞧，看你高兴的！"

玛丽双手用力地抱着毛毛，它的嘴巴都快被压扁了。的确，她很高兴。至少她能把属于安娜和卡米耶的一部分留在身边。

卡米耶走去登机口时，途中好几次忍不住回过头来。玛丽隔着玻璃窗朝她送去飞吻。

直到最后一刻，她们都还在努力挤出一个灿烂的笑容。而在她们再也看不到对方的那一刻，便任由泪水恣意流淌。

结束了。

68

"快过来，我让你换换心情。"

玛丽从机场回来后，洛伊克在舷梯上等着她。她原本计划一回来就盖上被子大发一通脾气，然后抱着毛毛睡一整夜。但她并没有过多犹豫就抓住他递过来的手，跟着他走在邮轮的走廊里。

来到他的房间门前，他却绕到她背后，用手遮住她的眼睛，之后才把门打开。

"当当！"他说着同时松开了双手。

他在写字台上放了一瓶可乐、一瓶绿洲橙汁，大玻璃碗里装满了各种糖果：珍珠糖、焦糖巧克力棒、泡泡糖、小熊巧克力、草莓棉花糖、甘草夹心糖豆、甘草糖、香蕉糖，还有酸味橡皮糖。

洛伊克把门给关上。

"没有什么比大吃一顿更能让心情好起来的了，你赶紧坐下来！"

玛丽脱掉鞋子，盘腿坐到床上。

"你真是太善解人意了，我太感动了！"

"等等，你还没有看到全部呢。"

他也坐过来，把玻璃碗放在旁边，然后按了一下遥控器。电视播放出一段片头曲，她立马就听出来了——《辣身舞》。玛丽开心地笑了起来。

"这正是我需要的！"她说着拿起一颗小熊巧克力，随后便一下倒在了靠垫上。

两小时过后，玻璃碗里的糖果差不多被清空了，电影结束了，玛丽的火气也快消下去了。整个晚上，他们都笑个不停，偶尔在两幕场景间交流一下感想，同时不住地往嘴里塞糖。他完全猜中了她所需要的东西，对她真是了如指掌。

鲁道夫甚至都不会注意到她是不是不开心，其他人则会提议她到餐馆去吃一顿。而洛伊克，他不会，他真的懂她。但这让她开始害怕起来。

"我得回去了。"她说着从床上爬起来。

"等等，还有最后一个压轴节目。"

洛伊克从玻璃碗里拣出几张黄色的糖纸，站到床脚边上，然后抽出其中一张摊开来。

"你知道那个折叠椅的笑话吗？它会让人笑得前仰后合。"

玛丽笑着摇摇头。

"别呀，你不会要给我念焦糖棒包装纸上的笑话吧！"

"我说了，这是一个让心情好起来的派对，所以该做的还是得做。"他说着摊开第二张糖纸，"7月14日①那天两支牙刷会在一起干什么？"

"一点头绪都没有。"

"很简单！擦出爱的火花。"

玛丽假装要去捂住耳朵。

"如果你继续念的话，效果就会适得其反了：我会变得很郁闷的！"

"不会的，这几个都很好笑啊！"

她也跟着站起来，昂首挺立在洛伊克正对面。

"OK，我们来一场笑话大比拼，"她说，"谁先笑谁就输。"

"好的，你先开始。"

"你知道人们用什么收番木瓜吗？用两只手翻木瓜。"

"哦，"洛伊克咬紧牙关憋住笑意，"你知道加黑（菲）是谁吗？它是一只房（黄）猫。"

玛丽抿紧嘴唇不让自己笑出来。

---

① 法国国庆日。

"好了，好了，到我了！有一只企鹅，它用屁眼呼吸。有一天，它坐下来，然后它就死了。"

洛伊克的嘴唇开始颤抖。他用力闭紧嘴巴，然而还是白费力气。他的笑声从喉咙里冒出，下一秒钟就爆发出来，玛丽在他面前耀武扬威一脸得意。

"我赢了，我赢了，我赢了！"她蹦着跳着欢呼道。

洛伊克笑得眼泪都出来了。

"真的，这个企鹅的笑话，我能一直笑下去！"

"这是我女儿给我讲的。她们讲的很多笑话我都忘了，但这个我一直记得。好啦，我的奖品是什么？"

"你想要什么就是什么。"

"所有我想要的都行吗？"她边问边慢慢地朝他靠近。

"所有你想要的都可以。"他抚摸着她的手臂。

她噘起嘴唇，闭上双眼，快要亲上他时忽然低语道：

"我想要的是，你学几个好玩的小笑话。它们就跟你的人一样，让人打心底里感到舒服。"

然后她笑了，拾起鞋子便跑着离开了房间。

69

玛丽在包里翻找她的飞利奇塔卡。今天早上出门去参观萨沃纳时，她没来得及把卡放到钱包并整理好，而是随便扔进了包里面。她以前可是一个按照封面颜色，其次按照字母顺序摆放 DVD 的人，现在她都快要不认得自己了。

她在内袋里摸到了一张纸，不禁吓了一跳，马上拿出来打开看。

玛丽：

我不是很擅长说这些话，但我不能什么都不告诉你就直接离开。所以，我就写下来给你吧。

你都不知道，能够认识你和安娜，我是多么开心。虽然我们只在一起过了三个月，但我知道我永远都不想和你们分开。你们对我很重要。

谢谢你陪我度过那些难忘的时光，谢谢你和我一起商量，谢谢你的建议，谢谢你灵活而开放的想法，尤其谢谢你响亮的笑声。

衷心愿你拥有所有的幸福，并且你值得一直幸福下去，不管有没有他的陪伴都一样。

超级、超级、超级爱你。

（我写起信来也太礼貌了！）

卡米耶

P.S. 照顾好毛毛，它因为自己不能振动伤心了很久呢。

信的末尾是一幅素描，上面画了三个女人靠着栏杆面向大海的背影。

玛丽呆呆地伫立在房间门前，笑容久久没有散去。卡米耶肯定是在去机场的路上把这张纸塞进她的包里的。真是不可思议……因为信上的内容跟她在同一时刻偷偷塞给卡米耶的字条上写的东西简直如出一辙。

70

旅程的最后一晚。玛丽坐在阳台上,最后一次欣赏令她留恋的风景。月亮倒映在墨色的水面上,夜空洒满了点点星光。

船长晚宴结束后,洛伊克就察觉到了玛丽的不舍。他坚持不让她今晚一个人度过。然而,她还是需要一个人待会儿。于是他刚睡着,她就溜到了阳台上。

玛丽点燃了刚从洛伊克那儿顺来的一根烟。她必须得独自待上一会儿,借此机会回想过去的三个月,也好做个总结。

三个月前,当她一脚踏上邮轮时,她对自己的决定满怀信心,却对未来的方向毫无头绪。她从原本一眼望穿的生活中逃离出来,出发寻找别的道路,最后她却找到了比这更多的东西。

首先是安娜和卡米耶,她们俩几乎占据了她所有的回忆,她们是玛丽的人生当中最出乎意料,同时也是最为重要的相遇。她以前总是羡慕屏幕里面那些被一群好朋友围绕的主角,甚至一度对自己说这就跟最伟大的爱情是一码事:两者都是根本不存在的事物。今天,她可以理直气壮地说自己有两个好朋友。她们三人在各自生命的转折点相遇,都是遍体鳞伤,却依然挣扎着追求幸福。这让她们之间的关系无比紧密。

其次是鲁道夫,尽管他并没有轻易放手让她离开。她曾经以为这三个月不会收到任何他的消息,还以为他会趁她不在,找另一个女人或者另外几个情妇展开新的生活篇章。令她惊讶的是,她没想到他竟对自己的物品如此执着。

然后是玛娜卡，一个疯狂的计划，眨眼却成了现实，她也渐渐开始相信这件事是真的了。自己的爱好将有可能成为职业，只要……

还有各种旅游项目、探索发现、令人屏气凝神的风景、海豚、世界各地的居民、博物馆和纪念建筑、日落、相逢以及所有的第一次。从今往后，每当她观看纪录片时，都能说上一句"我去过那儿"了。

此外还有在海上航行的日子、阳台上的热巧克力、各种各样的表演、盛大的晚会、晚礼服、逃离日常家务的生活、令她一夜好梦的船身的摇晃、水的声音、大海的味道、坐在上层甲板的躺椅上所望到的星空、永不停歇的勃勃生机、让她不再感觉孤单的其他乘客、游泳池。以上便是她三个月来的日常生活。

接下来是洛伊克，那个灰头发的男人，真是意料之外的相遇。最开始和他的相处并不愉快，她现在也不知道这段关系会怎样结束，他们会怎样告别，她会不会很快就把他给忘了。她试图反抗过，而今却已习惯了他在身边存在，甚至是有点依恋了。无论如何，他将会是一份珍贵的回忆。

最后是她自己，她重新寻回的自我。在过去的几周里，那个封闭自己的保护壳渐渐裂开来，而后玛丽重新发现了真正的自己。她常常想起小时候的自己，想知道那个小女孩对如今变成这个样子的自己会有何种看法。这一晚，在想象中，小女孩朝她腼腆地笑了。

洛伊克双臂围住玛丽的肩膀。

"你还好吧？"他问。

"嗯，还好。"

"你想一个人待着吗？"

"不用了，我整理好思绪了，"她握住他的手说，"留下来陪陪我吧。"

71

马赛笼罩在浓浓的寒意当中。十几个人来到码头上接自己的亲人回家。玛丽拖延着不愿离开。

告别 578 号房间尤为艰难。白色的枕头、水流的汩汩声、盥洗室嘎吱作响的地板、阳台上的躺椅、蓝色的马克杯、每天都在变换的风景，所有这些场景都将令她无比怀念。毕竟在过去的三个月间，这里便是她的家。

正当她合上绿色的行李箱时，发现从门缝里塞进来一个信封。

她笑着把它拾起来，这是最后一封来自洛伊克的信。

"我爱你"里藏了秘密

不仅仅包含爱意

时间留下了痕迹

诺言就在三个字里

你说过爱就是语言

对我而言却是多余

你需要字句当保险

如同羊皮纸上封印

你要知道，我
要知道
你要知道

"我爱你"里躲着亡灵
以及我眼里只有你
告别诗歌告别天地
只剩韵脚独自飘零

一个不诚实的诡计
这三个字无法证明
"我爱你"里有个问题
谁来问"你也爱我吗？"

你要知道，我
要知道
你要知道

　　玛丽把信纸翻过来，上面除了高德曼的歌词，什么都没有。以前，洛伊克还会再加上几句话的，这次却没有。她重读一遍早已熟记于心的歌词，试图从中解读出他想要传达的信息。但这模棱两可，因为可以有两种解释：要么是他承认自己已经陷入爱河，只是不敢说出"爱"这个被滥用的字；要么就是反过来，她可以死心了，因为他再也不想爱上任何人。要么他还想再见到她，要么他们的故事到此为止。她甚至连自己想要什么都不知道，又怎么能够去理解一段有双重含义的文字呢？

理智提醒她要把这些纯情少女的故事先置之不理。她接下来会有一大堆事情要处理，离婚啦、搬家啦、织毛衣啦以及其他杂七杂八的事情，根本不可能有心思去维持一段异地恋。而情感则建议她不要压抑自己的感情，要对未来充满信心。如果没留下他的联系方式就让他走了，那将会十分可惜。

她把信封塞到包里。他们待会儿应该还有机会在码头上聊聊天，互相告别。突然响起的两下敲门声吓了她一跳，希望是他吧。

门后站着玛莲娜和乔治，两人紧握彼此的手不松开。

"玛丽，我们想过来跟您道别。"年迈的太太颤抖着声音说道。

玛丽不禁热泪盈眶。

"谢谢，玛莲娜。我刚才也想再见你们一次的！衷心祝你们两人都幸福美满。"

"谢谢你，玛丽。这一切都是多亏了你，"乔治说着握住了她的手，"如果不是您介入这件事情从中帮忙，我们俩就不得不回到各自的家里，无法过上现在的生活了。"

"不是什么大事，毕竟当时的决定很不公平。你们接下来打算做什么？"

"我的孩子坚持让我住进老人院，"玛莲娜回答说，"不是那种令人抑郁的等死的地方，而是一所优美的公寓，每间房子都是独立的那种。以前，我还不愿意离开和罗歇一起生活过的房子。不过现在，我做好准备了。"

乔治满含柔情地看着老太太。

"我打算说服我的孩子，让我也住在同样的地方。"他补充说，"虽然离他们那儿比较远，不过他们会明白的，因为我的幸福在另外一个地方。"

"我真为你们感到高兴！"玛丽欢呼道，"你们两人在一起真是太美好了。"

"我们得走了，孩子们等着呢。"玛莲娜热情地拥抱了玛丽。

然后她便牵着乔治迈入余生。

阿尔诺德伫立在门厅，就站在一开始登船时所在的位置。不过今天，他站在大门的另一边向每位下船的乘客道别。玛丽隔着电梯的玻璃观察他，不禁有些哽咽。当时是他接待了她和安娜，她们俩被偌大的大厅弄得眼花缭乱，更不知道接下来会有怎样的故事发生。那是三个月前的事情。

她扫视一圈大厅，用目光搜寻洛伊克。底下人头攒动，有的人急着走去出口与亲人相会，有的则长久相拥彼此告别。

她注意到罗丝和一个船员聊得正热烈。大概她正在抱怨什么，玛丽暗自觉得好笑。然而还是丝毫没有洛伊克的踪迹。她应该会在码头上碰到他的，就像他们之前约定的那样。

"祝您归途愉快，太太，感谢您选择乘坐我们的邮轮！"

阿尔诺德露出他那副令人难以忘怀的笑容，伸出手来与玛丽道别。她犹豫了几秒，最后靠上去在对方的面颊上留下一个告别的吻。

"再见，阿尔诺德，您的微笑真的是我每天小小的幸福来源之一。"

当她转身朝出口走去时，他的笑容绽放得更加灿烂了。

洛伊克的确在码头上，然而他并不是一个人。一对年迈的老人和两个年轻人依次拥抱了他，无疑他的父母和孩子想要给他一个惊喜。

玛丽拖着沉重的行李和一颗沉重的心从他们旁边经过。有别人在场，她没办法跟他说再见，他们也没法留下联系方式。她将再也见不到他了。

当她努力抑制眼里的泪水四处找出租车时，两个熟悉的声音从身后传来。她还没来得及转过身，两个人就像龙卷风似的席卷而来，一下子蹦起来勒住她的脖子尖叫着。是她的女儿，她的宝贝。她回过身去对她们又是亲又是抱，感受着她们的气息。

"我们想给你一个惊喜，妈妈！"朱斯蒂娜笑着大声说道。

"我们花了好一阵子才认出你来，因为你换了新发型，太好看了！"莉莉补充道。

在她们身后，洛伊克脸上挂着一副惋惜的笑容。她多想跑到他的面前，在全部人面前抱住他，问他是否还想再见到自己。巴黎离莫尔莱并没有那么远，她可以去他那儿过周末，他们会一同呼吸充满碘盐味道的空气，生活里也会充满温柔，他们可以整晚说着知心话，互相爱抚，他们还会在沙滩上写下对方的名字，画下未来的图景。可是所有这些事情，她都做不到了。

"好了，妈妈，我们走吧？还有两小时飞机就起飞了。我们一起回家咯！"

玛丽微微笑了笑，抓住绿色行李箱的手柄跟着她们往停车场走去，两个女儿则拿着其余的行李。她朝巨大的邮轮投去最后一瞥，在整整三个月期间，它曾经载着她、陪伴着她、支持着她。随后她又转过身望向洛伊克，他正笑着跟儿子说些什么。现在，她很清楚，自己将无比想念他脸上的那个酒窝。

　　插曲到此结束。

尾声

————

市政厅前的广场空无一人，新郎和宾客们都在里面等待着新娘的到来。铺满了鲜花的婚车停在离台阶几米远的地方，安娜从车上下来，玛丽和卡米耶紧随其后。两位婚礼见证人最后一次检查一遍新娘的衣着。

"你真是美极了！"玛丽已经第十次重复这句话了，再次理了理婚纱的裙边。

婚礼当中有许多事情令安娜感到不快，例如婚纱、头纱、撒米①、车上的丝带，以及所有那些让这一刻看起来如同一场盛大华丽的戏剧的花哨玩意。因此从一开始她就决定只穿一件平时也能继续穿的象牙色女式

————

① 按照法国当地的传统，当新人从教堂或市政厅出来时，客人们会往他们身上撒米表达祝福。

套装，不带任何装饰那种。然而随着准备工作的进行，她的想法慢慢也发生了改变。最后，她穿上了一件白色婚纱，裙子里头还用两圈铁环撑着衬裙，头上戴着头纱，手里握着捧花，披着这身装扮迫不及待地向多米尼克说"我愿意"。

"我太喜欢这件婚纱了，所以也选了一件象牙白色的！我的腿都在发抖，姑娘们，幸亏有你们在我身边。"

卡米耶最后一次调整一下头纱。

"你难道以为我们会错过这事吗？老天爷，我们可是你的见证人啊！"

还差几步便到市政厅入口了，这时突然一个年老的太太从里面走出来，迎接她们三人。

"玛莲娜！真高兴您也来了！"安娜尖叫着去拥抱她。

"万分荣幸！"她回应道，"自从我们搬到新的公寓之后，我和乔治就很少出来旅游了，所以能来巴黎住一阵子也是件好事。而且能在这个欢乐的场合再次见到你们全部人，我们都非常感动。"

老太太双手抱住玛丽和卡米耶，然后示意让安娜转过身去。

她颤抖着手在白色的小包里翻找什么，随后掏出一样东西挂在了新娘的脖子上。是那条玉石项链。

"噢！玛莲娜！"安娜努力不让眼泪流下来，"但您已经买下来了，我不能就这样……"

"我现在不喜欢它了，"玛莲娜摆摆手回答道，"再说了，它还是更适合您一些。"

市政厅有点小，里头闷热得难以忍受，但是宾客们对此显然都毫不在意。所有人都耐心等待新娘的到来，以及新郎眼里的泪水夺眶而出的那一刻。

在掌声的伴随下，新娘出现了，同时新郎也喜极而泣。

玛丽和卡米耶坐在安娜旁边，近距离感受着她洋溢出来的幸福。她们还在市长办公桌上放了第三位见证人——毛毛。

卡米耶转过身去，在人群当中寻找陪她一同前来的那个人。威廉就在大厅靠后的地方，微笑着望向她。他目前的法语水平还不能听懂周围人说的话，不过他看起来已被四周欢快的气氛所感染。幸福是一门世界通用的语言。

六个月前，卡米耶为了一个陌生人动身飞往了世界的另一端。而如今，世界的另一端成了她的家，陌生人成了她日常生活的一部分。当时威廉在机场等候她的到来，黑色的眼睛睁得大大的，手里攥着公寓的钥匙。他们的重逢比想象的更为美妙，汽车后座至今为止仍留着当时的回忆。他在衣柜里给她的衣物腾出空间，也在自己的生命中为她让出位置，对此她很是满意。在遇到她之前，威廉也是个情场老手，并且战果累累。摆脱那些来按他家门铃的女孩子的确花费了一点时间，不过最终是她得到了正式的名分：他们俩的名字从此之后并排刻在了门牌上。

一个月过后，两人一起回波尔多住了两周。卡米耶向家人及朋友介绍了威廉。所有人都认为卡米耶失去理智，很快就会后悔的。只有她父亲知道并不是这么回事，他紧紧地把女儿抱在怀里，告诉她母亲也会为她感到自豪的。

她一边清空自己的公寓，一边忙于办理辞职的手续。当她离开公司时，朱利安正在门前抽着香烟。他礼貌地向她打了声招呼，而她则回以一个大大的笑容，屁股一扭一摆地回到了车里。要是他知道，如果不是他的缘故，她是不会离开公司，并且在旅途当中遇见威廉的话……

在奥克兰的时候，她收到了好几份通过博客的联系方式递来的橄榄枝，一家著名的广告公司已经把她列入了自家插画师的名单里。从那之后，除了玛娜卡的利润以外，她还能靠给别的公关公司画画来养活自己。而最棒的一次机会则来自一家出版社，她前阵子才刚刚给一本图书画上句号，作品将于年底出版——《与 80 个帅哥环游世界》。

再过不久，他们就要从威廉的小公寓搬到一套更大的公寓，不过还是在原来的楼里。他们已经设想好了自己住进去的场景，宽大的方形浴缸、厨房里独立隔离的料理台、能够眺望城市风景的玻璃窗、明亮的书房以及小小的白色婴儿房，就在他们房间的隔壁。

卡米耶微笑着抚摸自己的肚子。还有六个月，她就会见到自己那乱拉乱尿、哇哇大哭的小家伙了。

安娜和多米尼克握着彼此的手，直视着对方。

"安娜·玛德莱娜·阿莱特·迪瓦尔女士，您愿意嫁给面前的多米尼克·皮埃尔·莫兰先生吗？"

"我愿意。"

"多米尼克·皮埃尔·莫兰先生，您愿意迎娶面前的安娜·玛德莱娜·阿莱特·迪瓦尔女士吗？"

"我愿意。"

"现在，我代表法律，正式宣布你们结为夫妇。"

新婚夫妇在掌声以及闪光灯下互相亲吻。亚尼隔着相机镜头，不愿错过任何一幕。"这些都是你偷都偷不来的亲密画面。"安娜笑着对他说。他时不时检查一下底片是否正确曝光，每拍摄一张照片，他都告诉自己镜头不能再对着安热莉克了，得集中精力拍摄新婚夫妻才行。毕竟他们下个月就搬到一起住了，到时他就有大把时间把她拍个够。

安娜庆幸自己用了防水的化妆品。她成功地憋住了十分钟的眼泪，但最后还是忍不住了。玛丽站在一旁，手里拿着一个缎纹小软垫，上面放着结婚戒指。

"她可没把婚戒给忘了！"安娜的表姐大笑着说。

她慢慢地享受着把戒指套上多米尼克的无名指这一刻。她曾以为再也见不到他了，而此时此刻，他们却彼此承诺要陪伴对方到生命的最后一刻。

她明白了什么是思念，也知道再也不能拥抱爱人是多么痛苦。这是一次难得的机会，多亏了这次机会，她如今才懂得去珍惜从此以后和他一起度过的每一分每一秒。

他们在普吉外岛阁遥岛上待了一个月。他们既像是从不曾分开过，又像是第一次遇见似的如胶似漆。他们一起潜水、做爱、晒太阳、给彼此写情话、计划去跳伞（安娜最后一刻还是放弃了）、吃了各种各样的鱼、又做爱、在泳池边睡觉、聊天、又在私人泳池边睡觉、醒来再次做爱。

在飞往法国的回程飞机上，安娜再次紧张得指甲都要掐进大腿肉里了，最后她终于回到了自己的公寓，回到了有猫和多米尼克在身边的日常生活。他从原来的临时住所里搬了回来，并且又在柜子里塞满了自己的物品。尽管她不乐意去承认，可是这一次分开的确是有好处的，她由此而意识到原来幸福是藏在日常的缝隙里。当她以为自己把幸福弄丢了时，她才无比想念所有的一切，哪怕是她从来都不曾注意到甚至是让她厌烦的事物。从那以后，她就开始珍惜它们了。现在她和他一起刷牙，听着他张嘴嚼东西吃的声音，给他晾袜子，看着他关门离开，倾听他讲述种种遭遇里那些无关紧要的细节。重要的是，他在身边。

多米尼克也把戒指套在安娜的无名指上。

"我爱你，莫兰太太。"

玛丽也和其他宾客一样，唱了一首由新婚夫妇挑选的歌。《你是我的家人》，让－雅克·高德曼的歌曲。

> 每当我想起你
>
> 我就不再觉得孤寂
>
> 虽然离你遥远
>
> 陪伴不在眼前
>
> 但这一切我不在意

洛伊克坐在最后一排威廉的旁边，双眼盯着歌词。玛丽每次看向他时都跟以前一样，感觉到肚子上一阵发痒。

回家的过程非常出人意料。鲁道夫居然换了门锁，她因此不得不打电话让一个法警去把自己的东西给搬出来。当她走进这个二十年来都是自己的家的房子时，她竟然感觉自己像个外人，这里不再是她的家了。她装满了几个纸箱的东西，在一家酒店里住下来，等到以后收入稳定了，房东愿意租公寓给她时再搬走。

Le premier jour de le reste de ma vie

过了三个星期她才接到了洛伊克的电话。在这段时间里他利用自己的记者证好不容易拿到了乘客的名单，打遍了船上所有叫玛丽、安娜和卡米耶的人的电话，最后终于找到了要找的安娜，后者兴高采烈地把玛丽的联系方式告诉他，并且也乐意帮他保守秘密。"我还欠她一份人情，就是夏威夷的导游那件事。"她说。当洛伊克给玛丽打来电话时，她正在谷歌上搜索"洛伊克、灰头发男人、布列塔尼"这几个字样，她吓得差点两眼一翻晕了过去。

他们一开始选了一个外面的地方见面，第二次去了他家，接下来去了她临时的住房，然后又去了一趟他家。因为不再是旅行的氛围，他们都担心事情进展不顺利，然而一切就那样自然而然地进行下去了。两人花上一整天的时间来聊天、做爱、大笑、吃饭。

在正式宣告离婚之后，玛丽就把洛伊克介绍给了两个女儿认识。"你们看起来就像是十几岁的少年少女，真可爱。"朱斯蒂娜说。"有点夸张，不过挺可爱的。"莉莉补充道。洛伊克的孩子的态度则相对有所保留，但双方之间的关系也逐渐缓和下来了。

他们并没有住在一起，这是两人一致决定的，因为他们都没有这个意愿。也许不久后她会搬过来，也可能不会。但再怎么说，他们离得也不算太远。玛丽现在搬到卡朗泰克去住了，离大海两分钟路程，离洛伊克的房子五分钟，离羊毛店三分钟。他一周内过来找她好几次，每次门铃响起时她都激动得一阵战栗。莉莉和朱斯蒂娜每周五晚上过来，周日早上离开，再和她们的爸爸团聚到周一。玛丽给她们俩留了一个房间，里面有一张上下床，就跟小时候睡的一样。玛丽让她们自由布置房间，而她则负责别的房间。她把房间到处都涂上了颜色、挂满了灯饰，还把航行时拍的照片挂在墙上，按照游轮客房的样式来布置自己的房间，甚至连阳台都弄得一模一样，在两个房顶的空隙间，能看到远处一点大海的影子。

玛娜卡的成功神话一直没有破灭。品牌被越来越多的人所知晓，销售额每月稳步增长。玛丽在生活上很富足，完全不需要问鲁道夫要一个子。她甚至还雇用了一个同样喜欢织毛衣的新邻居，以便更快织出更多的产品。卡米耶每隔一阵子都会设计出新的图样。每逢玛丽、安娜和卡米耶进行每周一次的视频通话时，她们都会谈到这些图案以及其他一堆事情。

在两段副歌的间隙，洛伊克朝她递来一个飞吻。玛丽的心在身体里翻个筋斗，她没想到，即使到了四十岁，爱情也可以是无止境的。

不知你的地址

你的城市你的名字

贫或富或混血

黑或白或特别

我只认得你的目光

你寻找一幅画

寻找一个地方

我偶尔错过的地方

你就是我的家人

我的同类我的亲朋
我所选择出的
我所感受到的
在那些善良的人群中

你就是我的家人
远超过血缘的亲人
紧握的一双手
在陌生世界里
愿它听见你守护你

你不知要去何方
不知如何不知由来
你没有多少信仰
不黑不白灰地带
你唯有相信你自己

站在弱势那一边
发自内心地合作
你朝下看一眼
却从不曾坠落
因为有人需要你

而你收藏快乐

如同收集果核

微不足道的小幸福

你就是我的家人……

你就是我的家人，你就是我的家人

同个集体同个气息

你就是我的家人，你就是我的家人

同一时间同一世界

你就是我的家人，你就是我的家人

让我们创造更多生机

　　凌晨四点左右，宾客基本散尽了，玛丽、安娜和卡米耶三人围坐在一起品尝一瓶红酒。玛丽把一个信封递给了安娜。

　　"这是玛娜卡公司送来的结婚礼物。"

　　"别呀，这太不好意思了，姑娘们。"

　　"我们乐意，"卡米耶回道，"快打开吧！"

　　安娜听话地从中拿出一张卡片。

　　"我刚刚因为流眼泪所以把隐形眼镜给摘掉了，现在看不清楚，这上面写的是什么？"

　　"这是一张为期一周的邮轮船票，我们仨下个月一起出发。我们跟你的丈夫，还有你的老板都说好了。"玛丽说。

"而且我们每年都会像这样一起出去一次,"卡米耶加上一句,"为了重温记忆。"

安娜站起身抱住另外两人。

"我爱你们,姑娘们。"

"我们也是一样爱你。"

"来吧,干一杯。"卡米耶说着把酒杯都满上。

三人举起酒杯,异口同声地大声说道:

"今天是我余生的第一天!"

致谢

————————

　　谢谢我的儿子，你的眼里仿佛藏了星星，让我透过它重新观察生活，也让我萌生了一个愿望，那就是为我们俩写一个美好的故事。

　　谢谢 A，在彩虹的另一端陪伴着我。

　　谢谢我的爱人，一直对我满怀信心，感谢你的耐心、热情，重读我写的故事时（几乎）从不抱怨。

　　谢谢我的奶奶，把对写作的热爱传递给了我，感谢你的诗集陪我度过了每个阴雨连绵的星期三。

　　谢谢妈妈，在我小时候送给我那么多书，里头当然包括《神奇听写练习》，感谢你的陪伴、建议，总是为我感到自豪。

　　谢谢爸爸，把幽默遗传给了我（尽管有时并不好笑），永远相信我，给我捧场。

谢谢妹妹，我的第一个粉丝以及我最好的朋友，是你让我相信会有人喜欢这个故事。

谢谢卡米耶·安索姆，人美文也美，我从你身上学到了许多。

谢谢安热莉克，不停地催我把原稿寄给一家出版社。如果没有你，这个故事可能还沉睡在废纸堆里。

谢谢奥德、福斯蒂娜、桑蒂亚、米特 - 米特、妈妈和奶奶重读我的故事，并且提出修改意见。

谢谢弗雷德里克·蒂博对我的信任，谢谢您喜欢这个故事，并且让它有机会在书店里畅游。

谢谢克莱尔·热尔穆蒂，你总是很照顾我，甚至陪我到凌晨四点，总是在我需要的时候及时给我注入信心。

谢谢网络小说创作大赛的主办方法国女性杂志团队，帮助我缓解了一点冒名顶替症^①的压力。

谢谢我的朋友们，朱斯蒂娜、米夏埃尔、伊莎贝尔、玛丽、萨比娜、娜塔莎、范妮、塞雷娜、索菲、安娜、拉埃蒂西亚、扎扎、马若莱娜、邦雅曼、塞西尔、玛丽娜、康斯坦丝、奥雷莉，还有莎拉，谢谢你们与我分享喜悦，也给了我信仰（原唱：奥菲来^②）。

谢谢我博客的读者们，你们总能让我开心、感动，也一直鼓励我、信赖我、支持我，还给我讲笑话。六年以来，是你们给了我翅膀让我飞快地进步。

---

① 指在成功的成年人当中，有接近 33% 的人感觉自己的成功不是理所应当的。
② 《上帝给了我信仰》，原唱奥菲丽·温特，"奥菲来"是歌迷对她的称呼。

最后谢谢让－雅克·高德曼，在我写作此书的过程中，甚至在我的人生旅程中，都一直陪伴着我。我想我应该踏上了正确的实现梦想的道路。

.

图书在版编目（CIP）数据

我余生的第一天 /（法）维尔吉妮·格里马尔蒂
（Virginie Grimaldi）著；杨旭译 . -- 长沙：湖南文
艺出版社，2018.11
ISBN 978-7-5404-8695-2

Ⅰ.①我… Ⅱ.①维…②杨… Ⅲ.①长篇小说—法
国—现代 Ⅳ.① I565.45

中国版本图书馆 CIP 数据核字（2018）第 089674 号

著作权合同登记号：图字 18-2018-080

LE PREMIER JOUR DU RESTE DE MA VIE by Virginie Grimaldi
©CITY EDITIONS 2015
CURRENT TRANSLATION RIGHTS ARRANGED THROUGH DIVAS INTERNATIONAL,
PARIS 巴黎迪法国际版权代理

上架建议：畅销·外国文学

WO YUSHENG DE DI-YI TIAN
我余生的第一天

著　　　者：［法］维尔吉妮·格里马尔蒂
译　　　者：杨　旭
出 版 人：曾赛丰
责任编辑：薛　健　刘诗哲
监　　　制：蔡明菲　邢越超
策划编辑：马冬冬　文雅茜
特约编辑：蔡文婷
版权支持：辛　艳
营销支持：傅婷婷　张锦涵　文刀刀
版式设计：梁秋晨
封面设计：棱角视觉
内文排版：百朗文化
出版发行：湖南文艺出版社
　　　　　（长沙市雨花区东二环一段 508 号　邮编：410014）
网　　址：www.hnwy.net
印　　刷：北京嘉业印刷厂
经　　销：新华书店
开　　本：880mm×1270mm　1/32
字　　数：185 千字
印　　张：8
版　　次：2018 年 11 月第 1 版
印　　次：2019 年 6 月第 2 次印刷
书　　号：ISBN 978-7-5404-8695-2
定　　价：45.00 元

若有质量问题，请致电质量监督电话：010-59096394
团购电话：010-59320018